睡莲失眠

黄咏梅 著

新时代女性文丛 主编 张莉

中原出版传媒集团
中原传媒股份公司

大象出版社
·郑州·

图书在版编目(CIP)数据

睡莲失眠/黄咏梅著.— 郑州：大象出版社，
2024.5
(新时代女性文丛/张莉主编)
ISBN 978-7-5711-1900-3

Ⅰ.①睡… Ⅱ.①黄… Ⅲ.①中篇小说-小说集-中国-当代 Ⅳ.①I247.5

中国国家版本馆 CIP 数据核字(2023)第 214562 号

新时代女性文丛
睡莲失眠
SHUILIAN SHIMIAN
主　　编　张　莉
本书主编　闫东方
黄咏梅　著

出 版 人	汪林中
策划编辑	张桂枝　孟建华
项目统筹	陈　灼
责任编辑	王　扬　陈　灼
责任校对	马　宁
装帧设计	王莉娟
责任印制	张　庆

出版发行	大象出版社(郑州市郑东新区祥盛街 27 号　邮政编码 450016)
	发行科　0371-63863551　总编室　0371-65597936
网　　址	www.daxiang.cn
印　　刷	北京汇林印务有限公司
经　　销	各地新华书店经销
开　　本	787 mm×1092 mm　1/32
印　　张	9.25
字　　数	156 千字
版　　次	2024 年 5 月第 1 版　2024 年 5 月第 1 次印刷
定　　价	46.00 元

若发现印、装质量问题,影响阅读,请与承印厂联系调换。
印厂地址　北京市大兴区黄村镇南六环磁各庄立交桥南 200 米(中轴路东侧)
邮政编码　102600　　　　电话　010-61264834

杂花生树，气象万千
——"新时代女性文丛"序言

"新时代女性文丛"旨在展现十年来中国女性文学创作的样貌和实绩，由五部小说集构成：乔叶《亲爱的她们》、滕肖澜《沪上心居》、鲁敏《隐居图》、黄咏梅《睡莲失眠》、马金莲《西海固的长河》。乔叶、滕肖澜、鲁敏、黄咏梅、马金莲是鲁迅文学奖中短篇小说奖得主，也是十年来成长最为迅速、深受大众瞩目的中青年女作家，她们来自北京、上海、南京、杭州、西海固，她们的作品真实记录了幅员辽阔的中国大地上女性生活的重大变迁，完整而全面地呈现了十年来中国女性文学创作所取得的成就。

"新时代女性文丛"有着统一的编排体例，每部小说集都收录了作家关于女性生活的代表作，同时也收录了作品的创作谈和同行评论、作家创作年表，这样编排的宗旨在于通过作品展现新一代女作家的创作全貌及其文学史评价。一书在手，读者可以基本了解作家的主要特色——既可以直观而真切地了解这位作家的创作特点、熟悉她最具代表性的作品，也可以了解这些新锐女作家十年来的成长轨迹，了解中国女性文学发展的风貌。

一

乔叶的《亲爱的她们》中，收录了《轮椅》《家常话——献给汶川大地震遇难同胞及其家属》《语文课》《鲈鱼的理由》《最慢的是活着》等多部代表作。她对于女性生活的记录质朴、深情，令人心怀感慨。《最慢的是活着》是她获得鲁迅文学奖中篇小说奖的作品，也是当代文学史上深具影响力的作品。奶奶的形象具有普遍性——她年轻时守寡，活着的目的只是使孩子们活下去。她织布，忙碌，深爱自己的儿子，但儿子还是死在她的前面，儿媳也死在她的前面。奶奶一天一天老去，慢慢和孙女达成了和解……乔叶点点滴滴地记述着一个女人的身体从年轻到苍老的琐屑，正是这些琐屑构成中国普通女人的民间史。"我的祖母已经远去。可我越来越清楚地知道：我和她的真正间距从来就不是太宽。无论年龄，还是生死。如一条河，我在此，她在彼。我们构成了河的两岸。当她堤石坍塌顺流而下的时候，我也已经泅到对岸，自觉地站在了她的旧址上。我的新貌，在某种意义上，就是她的陈颜。我必须在她的根里成长，她必须在我的身体里复现，如同我和我的孩子，我的孩子和我孩子的孩子，所有人的孩子和所有人孩子的孩子。"小说有缓慢的美，这使女人的历史和人的历史成了一条生生不息的河，也使整部小说具有了气象。一如鲁迅文学奖颁奖词所言："《最慢的是活着》透过奶奶漫长坚韧的一生，深情而饱满地展现了中华文化的家族伦理形态和潜在的人性之美。祖母和孙女之间的心理对峙和化芥蒂为爱，构成了小说奇特的张力；如怨如慕的绵绵叙述，让人沉浸于对民族精神承传的无尽回味中。"

滕肖澜是新一代上海作家。《沪上心居》收录了《梦里的老鼠》《姹紫嫣红开遍》《美丽的日子》《上海底片》四篇小说。滕肖澜写上海，使用的是本地人视角，在她那里，上海是褪尽铅华的所在，上海是过日子的地方，柴米油盐，讲的是实实在在。

因此，上海人眼里的上海，并不是直升机航拍下的那个不夜城。《美丽的日子》讲述了两个女人的故事。一个上海人，一个外地人；一老，一少。"上海人的那一点点小心眼，自尊又自卑；上饶人的那股子不屈不挠的心劲，可敬又可怜。怕人欺的人，未必不是欺人的人。为了生活，谁都不见得能做到完全问心无愧。"但无论怎样过日子，都要过美丽的日子，即使这日子没有那么美丽，也要过成美丽的样子。鲁迅文学奖颁奖词说："《美丽的日子》，叙述沉着，结构精巧，细致刻画两代女性的情感和生活，展现了普通女性追求婚姻幸福的执著梦想，她们的苦涩酸楚、她们的缜密机心、她们的笨拙和坚韧。这是对日常生活中的美与善、同情与爱的珍重表达。名实、显隐、城乡、进出等细节的对照描写，从独特的角度生动表现了中国式的家庭观念和婚姻伦理。"滕肖澜的小说元气充沛，有一种来自实在生活所给予的写作能量，读来可亲。

二

鲁敏的《隐居图》，收录了她的小说《白围脖》《镜中姐妹》《细细红线》《隐居图》，这里面的大多数人物是"越界者"与"脱轨者",他们渴望着一个脱离"常规"的世界,携带着都市人身上微小的疾患与怪癖。鲁敏热衷于对暗疾"显微"的书写,很多人物都出现了某种"暗疾":窥视欲、皮肤病、莫名其妙的眩晕、呕吐、说谎。她的人物于"暗疾"处脱轨,也于"暗疾"处渴望重生。"忆宁像孩子一样放声大哭起来:爸爸,我想你。"这是《白围脖》的结尾,其中含有对父亲深情的向往与想念,但又不仅仅是单向度的。鲁敏小说中的"父女情感"要复杂得多,也许这不是情谊,而是由父亲引发的焦虑——她对父亲是有距离的疏离,一种犹疑和一种情感上的不确定性,父亲在她的作品中既强大地"在场",又虚弱地"远去"。鲁敏的小说常让人感觉有暧昧的光晕存在,是那种"可能"与"不可能"并置——小说某个场景的逼真令人感到结结实实的撞击,可是,当你意识到,她漫不经心地对诸多生活琐屑的搜集使小说的许多场景充满诱惑力时,沉浸其中的你又分明听到了叙述人那兴致盎然和并不缺少幽默的解说,这使鲁敏小说多了很多分岔,有了许多风景……一切就成了景中之景,画外之画,分外迷人。

黄咏梅的作品中，有一种令人亲近的时代感和现实感，你几乎一下子就能感觉到，这是一位能切实书写我们时代生活的写作者。《睡莲失眠》中，收录了她关于女性生活的多部作品，如《睡莲失眠》《多宝路的风》《勾肩搭背》《草暖》《开发区》《瓜子》等。在小说集同名小说《睡莲失眠》中，黄咏梅书写了一位婚姻生活并不如意的女性，尽管婚姻生活令人失望，但她并没有成为弃妇，正如批评家梁又一所评价的，这篇小说之好，"好在作家不只停留在描写女性对男性的依附关系上，而是把更多的笔墨放到了女性主体意识的觉醒。得知丈夫出轨的许戈，没有像众人所想象的那样选择谅解，只是缓慢而坚决地同这段表面光鲜、实则内里早已破败的婚姻告别，销毁掉一切不必存在的联系，重新开始自己的人生。昼开夜合的睡莲本是世间常态的显现，唯独那朵白天绽放、夜晚照旧盛开的睡莲，隐喻了她们——这群重获主体意识的女性的卓尔不凡与温柔凛冽"。黄咏梅的小说切肤而令人心有所感，她笔下的人物总能引起读者深深的共情。

很难把马金莲和我们同时代其他"80后"作家联系在一起，因为她的所写、所思、所感与其他同龄人有极大不同。《西海固的长河》收录了她的《碎媳妇》《山歌儿》《淡妆》《1988年风流韵事》《母亲和她的第一个连手》。马金莲笔下的生活与我们所感知到的生活有一些时间的距离,那似乎是一种更为缓慢的节奏。当然,即使是慢节奏也依然是迷人的。她的文字透过时光的褶皱,凸显出另一种生活的本真,那是远离北上广、远离聚光灯的生活。她持续写下那些被人遗忘的或只是被人一笔带过的人与事,并且重新赋予这些人与事以光泽。她写下固原小城的百姓,扇子湾、花儿岔等地人们的风俗世界;画下中国西部乡民的面容;刻下他们的悲喜哀乐、烟火人生——我们的时代还没有哪位青年作家比马金莲更了解那些远在西海固女人的生活。她讲述她们热气腾腾、辛苦劳作的日常,讲述她们的情感、悲伤、痛楚和内心的纠葛。她写得动容、动情、动意。马金莲写出了回族人民尤其是回族女人生命中的温顺、真挚、纯朴,也写出了她们内在里的坚韧和强大。马金莲的写作有如那西北大地上茂盛的庄稼和疯长的植物,因为全然是野生的与自在的,所以是动人的。

三

无论是《亲爱的她们》《沪上心居》，还是《隐居图》《睡莲失眠》《西海固的长河》，"新时代女性文丛"致力于为广大读者呈现我们新时代女性的生活，同时也展现了我们新时代女性身上的坚韧和强大。通读这五部小说集时，我的内心时时涌起一种感动，我以为，它们完整呈现了中国女作家越来越蓬勃的创作实力，作为读者，我们能从中感受到热气腾腾的时代脉搏，感受到我们时代的气息和调性。真诚希望更多的读者喜欢这些作品，也希望读者们经由这些作品去更深入了解这些作家笔下的文学世界。

张莉

2022 年 5 月 3 日

目 录 Contents

003　睡莲失眠
　　　所有睡莲都闭门睡觉了,独剩它还没合拢,月光照在花瓣上,比在太阳下更为耀眼。

033　多宝路的风
　　　他曾经不止一次听乐宜提到过多宝路的穿堂风,直接的、邂逅的、柔软的、漫游的。那样的风,耿锵在遭遇乐宜之前,是没有体会过的。

073　勾肩搭背
　　　如果刘嘉诚没有记错的话,生平第一次有人喊他"靓仔",不是谁,就是这个他在人群里拼命要找的樊花。

107　草暖
　　　好人还是有好报的。草暖是个好人,好人的定义在她们看来就是:不刻薄,不显摆,不漂亮,不聪明。所以草暖这个好人过上了幸福的生活。

135　开发区
　　　如果我是开发区,我可能早就嫁了一百次了。连我妈妈都说,这个开发区,难怪叫开发区,总是开发,不结果的。

165 瓜子
经过这次算命，拜托那位狐仙阿姨，我得以长年累月地嗑瓜子。她叮嘱我老爸说，没事就多嗑瓜子吧，去去孤命。

221 小姨
无论怎么商量，小姨都不会妥协，她理直气壮得很，仿佛手上握的那把小红旗就是真理的权杖。

249 跑风
玛丽离得最近，年夜饭竟赶不上。但老娘也不敢多问。四个小孩中，三个都在工厂打工，只有玛丽穿着高跟鞋坐办公室，走路的的笃笃有威有势。

277 创作年表

创作谈

这篇小说写于庚子疫情期的后半段。深居简出，时常坐在书桌前，玻璃窗外那几棵合欢树，安静得像图画。遇到阳光灿烂的天气，窗外会呈现一种静物般的安详。但在这种画面中，我总会感到紧张四伏，从树梢间，从打扫干净的路面，从远去的路人的背影，从对面那扇紧闭的窗……这些无法归纳的紧张感，总是会从宁静的环境里升起来。

我对这种紧张感并不陌生。写作的人，从来就没有办法与周遭脉脉温情、皆大欢喜，即使是一个生活处于安逸的作家，温饱后围炉夜话，独处时有猫在膝，在这些温馨的场面里，写作者都会觉得心有巨石。这些沉重的碾压或许不足与外人道，说出来也没有什么新鲜感，它甚至并没有具体所指，但这是写作者的宿命。

这篇小说并没有为读者提供什么新鲜的故事，可以一言以蔽之，也可能难以了了，我甚至很难说出写这个小说的想法。这是一个全凭想象虚构出来的小说。处于这个紧张、震惊、伤痛、纷乱的庚子年，我只想将我的想象，随着那几棵高高的合欢树，攀援而上，伸入他人的房间，带回那些

001

断联的日常，集回散落于时代中的那些关于爱的美和伤害，这些美和伤害自古已有，未来也不会消失，即令沧海桑田，时代更迭。

因为一个古老的敌意在某处

存在于生活和伟大的劳动之间。

我愿看清并说出这个敌意：帮助我。

里尔克《安魂曲》里这句诗，时常为我那些难以言说的紧张找到慰藉。写作者源于这"古老的敌意"才能一直不断地进行下去。无论生活一成不变还是颠沛流离，这从腹背升起的"古老的敌意"总会促使写作的人想紧盯着它，试图看清并说出它，它可能在我们生活的周遭潜伏着，更可能是隐身于词语背后的那个自我。它没有多少能见度，说到底仅仅是一个写作者的自觉。如同那朵失去睡眠的睡莲般，它紧紧地握着一个孤独的秘密。

黄咏梅《这"古老的敌意"——〈睡莲失眠〉创作谈》

睡莲失眠

喝光最后一口咖啡，许戈在那套宽大的运动装和那条掐腰的连衣裙之间犹豫了一小会儿。最后，她套上了裙子，有点艰难地从后背拉上了拉链。这样，物管处的那个小张，就不会认为她是像往常遛狗时顺便过来领一下分类垃圾袋，或者来给门禁卡加磁。她不是顺便来，当然，她也不想用投诉这个词。

这件事的确不好处理。他们不是没看到那盏灯，不过没有一个人上楼劝那个女人关灯。

"那不是一盏路灯，起码一百瓦，就算隔着窗帘，都能照到我的枕头上。如果我掀开窗帘，看书都可以省电了。"已经一个多月，许戈被这些光闹得几乎神经衰弱，仿佛这些光是高分贝的噪声，挖掘机一般。失眠的时候，这些光又像一只放大镜，在许戈错综复杂的脑神经里翻来拣去，一忽而照见了很多往事，一忽而又延伸出了很多未来，许戈的夜晚就在记忆与妄想之间奔波，疲惫不堪。

许戈不懂得流程，光顾着说。小张在抽屉里摸来摸去，只找到一种表格，填好业主姓名、楼号等基本资料之后，剩一个大空格，上边打印着：投诉事由。小张就在那个大空格里记录许戈的话。她又不得不申明，自己并不是来投诉，只是来让他们去做做那个女人的工作，让她关掉那盏灯。可是，他们这里只有这种表格。最后，许戈检查了一下小张的记录。

那些歪歪扭扭的狗爬字,削弱了整件事的严肃性,还把她反复强调的"光污染"写成了"光乌染"。许戈捏着那张表,寻思是不是要找物业主管,她怀疑小张的能力,尽管他每次见到她都热情得像自己的弟弟。在业主签名那一栏,许戈犹豫了一下,签上自己的名字。

往回走的时候,许戈习惯性地绕进了"迷宫"。会所后面,有个比人高一头的小"丛林",修剪得整整齐齐的扁柏隔出几条曲折小径,七拐八拐。"迷宫",是朱险峰起的名字。刚搬进来那一阵,他们喜欢来"迷宫"散步,在这个相对隐秘的公众场合,接个吻,抱两分钟,扁柏树吐出来的植物气息对他们来说,具备了一点催情的刺激。"迷宫"又密又厚,隔壁小径传来一男一女讲话,看不见人影,只能听到声音。"不怕,整人的人最终都没有好下场。""犯不着把自己搭进去啊,这种坏人不值得奉陪……"要是许戈有兴趣,她完全可以站在原地,把他们讲的事情听完整而不被发现,就像藏在厚厚的窗帘背后偷听。不过许戈没再听下去,从何时开始,她对人的秘密不再感兴趣,或者说害怕更为准确些。她快步走出"迷宫",往小池塘去。

小池塘是人造的,在会所和公寓连接处,水深不过四五十厘米,里边养着锦鲤、乌龟、棍子鱼,最常见的是一群群小蝌蚪。总有小孩子被家长牵着,拿只小水桶,从这里捞蝌蚪回家，观察它们慢慢长出四肢，蹦蹦跳跳，之后又放回到这里，告诉孩子青蛙是有益的动物，要放生。许戈觉得这做法很有意思。小时候父亲也这样带她观察过小蝌蚪变青蛙，现在她长到了中年，几岁大的小孩子们还在接受这样的教育，好像蝌蚪是诠释成长的必修课，人长大了务必要成为一个"益人"。可是，稍微长大一点的人都会清楚，"益人"不是生长起来的，并不是蝌蚪变青蛙那回事。现在是盛夏，青蛙已经蹲在石头缝里捕捉猎物了，有时也趴到莲叶上吐舌头。翠绿的莲叶几乎铺满了整个池塘，中间错落着若干朵粉色的睡莲。正午，睡了一夜的莲花精神饱满，面迎烈日，争分夺秒沐浴这酷热的阳光。她到了这个年龄才逐渐能欣赏睡莲，认为所有的花其实都应像睡莲一样，昼开夜合，收放有度，开时不疯狂，收时不贪恋。

许戈要看的是那朵米色的睡莲。它挨在假山一角，相比起其他花型，它略小，但不局促，每一瓣都张开到极致，像伸长着手臂想要得到一个拥抱。前天夜晚路过池塘许戈就发现了它。所有睡莲都闭门睡觉了，独剩它还没合拢，月光照在花瓣上，比在太阳下更为耀眼。许戈站在池塘边看了许久，等第二天上午再过来看，发现它混在那些盛开的花中间，没事人一样，开得照样精神，看不出一点失眠的萎靡。

连续两天，许戈都来看这朵失眠的睡莲。迈过砌在池塘边那几块不规则的石头，近距离地看它。因为这个秘密，她觉得它也认识她了，在水中朝她点点头。

那张投诉表也不是没起到作用。入夜，对面阳台那盏奇葩灯开了之后，关了一次，约摸凌晨一点，又亮了起来。许戈当时正要进入睡眠状态，一阵强光扑到她的眼皮上，好像谁在窗帘外搭起了一个舞台，准备鸣锣唱戏。她尽力闭着眼睛，想死死抓住那一抹刚刚降临的睡意，但是睡眠已经趋着光飞走了。她沮丧地爬起来，索性把窗帘拉开，跟那盏灯对视。

是一盏戴着帽子的圆形落地灯，要不是被临时牵到阳台上，它应该站在沙发的一个角落，被拗成一个优美的弧度，散发着温柔的黄光，它应该照在沙发上翘着二郎腿翻休闲杂志的人头上，而不是像现在这样，照着空洞的黑暗。许戈的客厅里也有那样的一盏灯。朱险峰坐在沙发上，抱着吉他，客厅便只开那盏落地灯。他的吉他弹得不错，*Five Hundred Miles*，忧伤正好跟头顶的灯光般配，淡淡的。一度，许戈以为他们的婚姻就会这样，偶尔关掉灯，弹弹吉他，对酌一杯红酒，到老了也还可以做这样的事。离婚之后，那盏灯就成了摆设，也没什么理由打开它，她看书会坐到书房的桌子前，正对沙发那面墙上挂着电视机，许戈根本找不到遥控器。倒是每次扫地的时候，她会仔细地将那灯的底座挪开，清理下边的灰尘。

对面那盏落地灯肯定换过灯泡,不是原配,LED灯白得扎眼,灯罩又将光全都聚拢在一起,许戈能看清楚几乎要伸进阳台的几簇合欢树的枝叶,风吹过,影子就在墙上晃动,因为失去日照而收敛起来的合欢树叶,一副垂头丧气的样子。因为这强烈的灯光,本来从阳台那里能看进去的餐厅一角,陷入了一片阴影里。很多次她看到过那女人坐在餐桌一侧,有时吃饭,有时就那么坐着望出来。再往前一些日子,她还看到过那个男人,板寸头,肩膀很平。吃饭的时候,男人话比女人多。后来,两人一起吃饭的场景许戈不再望得见了。

灯是从什么时候亮起来的?是许戈生日那天,周六。早上起床之后她窝在阳台的藤椅上发呆,她还没想好今天该怎么过,她更倾向于就这样掩耳盗铃,装作什么也不是地过掉。没有孩子的人是没有年龄感的。这一点她和朱险峰的感受一致,所以过去他们在一起的每个生日,几乎没什么仪式,无非到饭馆吃个饭,去商场买个礼物,大不了晚上他为她弹几首曲子,如果非说要有个类似切蛋糕那样的固定动作,大概在那晚必定会做爱算是一种吧。

女人坐在一楼绿化带那张长椅上,淡红色的合欢花落了一地,铺在她的脚边。这画面其实是很诗意的。不时地,会有一些女人,穿着袈裟一样空荡的棉麻裙子,坐在这棵树下摆拍。许戈时常在微信里看到类似的照片，下边的评论免不了有人用到"文艺"这个词。不过女人坐在那里一点都不"文艺"，随随便便穿着一件阔阔的黑T恤，一条瘦瘦的黑裤子，脚上蹬着一双天蓝色的塑料拖鞋，垂头坐在那里，像是从家里赌气跑下楼。

许戈很快发现她其实是在哭。没哭出声，只是不时地去抹脸，手的频率越来越密集。她看起来还年轻，估计三十岁左右，基于她因为吵架或者什么原因会跑到外边哭泣，许戈认为她有可能更年轻一些，二十几岁？

在阳台坐了一会儿，许戈回房间给自己泡了一杯红茶，打开电脑收到了她的责编的邮件。自从上一本写职场的小说改编成了电视剧，责编就一直盯着她，这次希望她能写一本言情小说。"相信一定会大卖，根据我们营销部的大数据来看，目前言情小说的市场份额还是蛮大的，许老师您出手不凡，我和我们社长都万分期待您的言情小说。"许戈毫不犹豫地回复了过去：

抱歉，我没有写这类小说的打算，对于一个离婚女人来说，我对那东西更多的是怨言。我想你们找错人了，呵呵。

她甚至都不想把"爱情"两个字敲出来。有那么一段时间，跟这两个字相关的行为，例如看到有人当街接吻或拥抱，她会感到讨厌，看到手挽手说笑着走路的夫妻，她会从心里发出一声冷笑，有时这冷笑还从鼻孔里哼出了声音。她再也感觉不到夜的甜蜜。朱险峰像躲避瘟疫一样离开她和大班，留给她最后的眼神，就像在看一个罪人，根本没有办法将他和从前他们一起做过的可以称之为爱情的事联系起来。

恬记着那个哭泣的女人，许戈端着红茶又坐回到阳台。女人还在，不哭了，一动不动地坐着。许戈拿起阅读器，继续读耶茨那本《十一种孤独》，翻几屏，从栏杆的缝隙里瞄一眼楼下。许戈似乎对伤心事更能感到共情，她愿意默默陪她一会儿。

太阳从树的那端渐渐挪到了女人的身上，大概是温度升高使她感受到了时间，她撑直腰，站起来，慢吞吞地上楼。三楼，在楼道窗户，女人的身影分别出现了两次才消失。

之后陆续有人按响对面单元的门禁。来了不少人，都停留在三楼的楼道。后来，那栋楼的电子门索性被人不知从什么地方找来一块大石头压住，敞开着，好像即将要搬运什么大件家具一样。

搬出来的是一个大相框。由一个满头白发的男人抱在手上，那女人扶在相框的另一端。他们后边跟着一群人，显然跟刚才陆续上楼的是同一拨。相框里的黑白照片放得很大，吓了许戈一跳。板寸头,圆脸,很喜庆的模样,拍照时刻意收敛了笑容。

傍晚,许戈带大班出门遛。大班嗅着扣扣屁股的时候,扣扣妈就开始讲,五栋三〇二的那家男人在高速路上出车祸撞死了,今天出殡。许戈脑子里立刻出现那张巨大的黑白免冠照片,板寸头,算起来今天她还是第一次看到过他的脸。"还没上车,在小区门口就差点打起来了。女方的爸爸不知道跟谁打电话,小声说了一嘴,说幸亏当时女儿没在那车上,男方那边人听到了……按说这想法也没错,但怎么能说出口呢,是应该烂在肚子里的秘密啊……"如果她们没牵狗,在马路上碰到,许戈通常只会跟她点一下头就走开。

许戈强制地把大班拉开了。她不明白为什么每次遇见扣扣,都是大班死皮赖脸喘着粗气去嗅人家的屁股。两只狗相互嗅屁股,辨认味道,等同于陌生人见面交换名片。不过它们可不是陌生狗。大班的主动热情总会让许戈感到受伤害,人们往往会将它跟自己的处境联系起来——她肯定跟大班一样孤独,迫切需要友谊,以及爱情。可是说真的,一个人生活,许戈并没感到有多么孤独。母亲之前经常催促她再找个人结婚。

"我不想再结婚啦。我有大班陪就可以了。"她总是这么应付母亲。

"可是大班会比你先走的啊。"

母亲去世的时候，许戈才领会她的意思——她也会比自己先走的啊。

就是在那天，对面三楼阳台亮起了那盏灯。刚开始许戈以为是遵循某种习俗，类似于"头七"，要为亡人留一盏灯，照亮回家的路。可是，已经一个多月了，他是不是早该回家了呢？

生日遇上一次出殡，照以往，许戈一定会生发出很多不祥的念头，至少会引出一大通关于"生命无常"的命运感慨。朱险峰一贯认为，写东西的女人很"神经质"，因为她们都是缺乏理性精神的"唯心主义者"。如果没有那封邮件，许戈的确是会联想到很多的，她的写作一直靠无限放大日常生活里的发现，这很受出版商的欢迎，他们认为读者依靠这些熟悉但又陌生的细节，找到了自己生活的影子。在确认那个责编没有继续回复自己邮件之后，她的邮箱里跳出了一封未读邮件，是医院发过来的。自从第一次在那家医院登记过，生日那天都会循例收到标题为"致朱险峰先生、许戈女士"的一封邮件。内容是告知他们在进行新的一次体外受精——胚胎移植手术前的注意事项，当然，重点在于提醒他们续交胚胎保存费用。最后免不了很公文地祝福他们生活美满。

他们要不上孩子。前面那两三年，两人达成一致意见，先不着急要，过过二人世界再说，他们会在一年中出国旅游两次，把整年的积蓄花掉一半。后来，他们就一直要不上。尝试过各种偏方，像医治某种慢性病一样小心调理身体，甚至托人去香港带多宝丸，还荒唐地将母亲在寺庙里求来的"观音送子符"供放在两个枕头之间的"安全通道"……这些事唯一的好处是使许戈本来偏瘦的身体变得健壮了。三十九岁生日那天，作为一种仪式，他们决定去医院做试管。在那张夫妻资料卡上，许戈留下了自己的邮箱，以方便日后上传更多的检查资料和身体情况说明。四年内，他们做了四次，配成了八颗胚胎，用掉了六颗，现在，在那家医院，还保存着两颗孤零零的胚胎，靠三千六百元一年的冷冻费存续着他们的希望。

这封邮件可以看成是两颗胚胎在找妈妈发出的啼哭信号，说不准就是这两颗中的某一颗，最终在许戈温暖的子宫里，着床，长出了脑袋、心脏、手和脚……

第四次，他们出发去医院前，朱险峰抱了抱她，希望她能够放平心态："这一次，小蝌蚪一定会找到妈妈，会慢慢地长出手和脚，蹦蹦跳跳。"许戈的紧张才有所缓解："就像小池塘里的那些蝌蚪？"两人愉愉快快地出门，好像许戈已经是一个妈妈了，在心里计划着给孩子的种种打算。然而，这次小蝌蚪依旧没能变成青蛙。

失败之后，朱险峰从朋友那里领回了大班，一只两个月大的萨摩耶。虽然没有找到什么医学根据，但许戈敢肯定，那些打进自己卵巢里的促排针，直接修改了她的荷尔蒙，她胖了一大圈，让人看起来就像一个饮食无度自暴自弃的女人。她变得苛刻和蛮横，易怒乃至歇斯底里，朱险峰指出她"失去了过去那种偏于善良的理解力"。他们默契地不去碰孩子这个话题，因为那样经常会引爆很多无关紧要的小事情，不是对和错的事情，只是生气和不生气的事情。大班成为他们的共同语言。他们共同照顾大班的吃喝拉撒，给大班吃精选的狗粮和零食。为了使它毛发更健美，他们在网上找食谱给大班做狗饭，并让出浴缸来给它洗澡。他们花很多时间陪伴它，跟它讲话，在大班第一次听话地把朱险峰的拖鞋叼到卧室的时候，他们简直有点喜出望外了。

每天下班后，他们牵着大班在小区里散步，偶尔会到"迷宫"里跟大班捉迷藏。大班看起来不是特别聪明。在"迷宫"里，如果重复几次在某个拐角藏起来，之后再从另外一个拐角消失，它会惯性地在第一个拐角处找，焦虑地嗅着刚才拉过尿的那棵扁柏树，直到他们等得失去耐心，发出些声响，它才能顺利地在另一个拐角找到他们。朱险峰嘲笑说大班这智商肯定是随许戈。许戈也笑着默认，想起十多年前他们在哈瓦那街头，朱险峰要看街头弹唱，许戈则想去逛工艺品店，他们约在拐角的那家麦当劳会合，最后，他们分别在两家麦当劳门口等了对方半天。那时他们还年轻，朱险峰还会担心她被哪个艳遇给拐跑了。许戈自认三十来岁是她最好看的年龄，她的身材还没有被促排针打掉原形，在薄薄的后背下方还能摸到结实的腰窝，足以让朱险峰有这种担心的，不过，她不是那种到处撩骚的女人，她喜欢朱险峰，无论外形还是他那种怀抱吉他的"文艺范儿"，都很对她的胃口，在她的书里，正面的男主多少都有着他的影子。

有了大班，朱险峰加入了一个朋友圈组织起来的"狗友会"，清一色的男人，不定期带着自家的狗聚会。男人们聚会多半是为了交更多的朋友，喝喝酒，聊聊时政，幸运的交往会对自己的事业有一点帮助，再不济，暂时离开家庭的琐碎喘口气。聚会周期不定，基本上一个月会有一次，最远的地方是开车到离市区六十公里的郊外，在硕大的草坪上，跟狗玩扔飞碟的游戏。许戈在朋友圈看到了照片，朱险峰和大班趴在草坪上，姿势一模一样，就连表情都有点像了。

渐渐地，许戈发现朱险峰对大班的关注多于对她。

在大班绝育之前，朱险峰对许戈说："要给大班尝尝男人的滋味，让它做一回爸爸。"他在"狗友会"为大班觅到了一个合适的"情人"，是一只美丽的拉布拉多。他把大班送去那家住了三天。接回来之后，朱险峰比任何时候都心满意足,他抚摸大班的时候,脸上时常会不由自主地浮现出一种幸福的微笑,他坐在沙发上给大班弹吉他,唱"这是一首简单的小情歌,唱着我们心头的白鸽……"满脸温柔,好像对面坐着另外一个女人。这场景时常会让许戈生出一些嫉妒,她曾对自己的这种嫉妒感到吃惊和羞愧。但事实证明,这嫉妒同时来自女人另一种直觉,这直觉甚至比大班的嗅觉还要灵敏。有一天,她用朱险峰的密码进入了他的微信,很轻松地找到了头像是一只拉布拉多的蒋夏朵的名字,然后又从蒋夏朵的朋友圈里,很轻松地搜集到了她的基本资料,包括单位、工作的内容等,还看到了她的父母。她长得略为像她的母亲,说不上漂亮,许戈认为至少没有自己年轻时好看,五官过于清淡,脸型过方,所以自拍的时候大多选择侧面的角度。让许戈最受不了的是,在一次发布内容为"老公来了"的照片中,大班给窝在布艺沙发上的拉布拉多舔毛,半眯着眼睛,既享受,又忠诚。

三个多月后,大班成了四只小狗的爸爸。朱险峰把照片给许戈看,四只小狗眯着眼睛,拱在拉布拉多的怀里吸奶。那个时候,许戈已经确认这个被朱险峰称为"亲家"的"狗友"实际上是他出轨的女人。"亲爱的班爸",蒋夏朵在微信里这么喊他。看着四只吸奶的小狗,许戈恶心得想吐,她终于揭穿了他的秘密,爆发出了所有女人遇到这类事情的共同反应。跟多数那个年纪的男人一样,朱险峰不想离婚,他对许戈反复保证,现在的家庭关系对他来说刚刚好,他们没有额外多出来要做的事情,他每天睁开眼睛并不会感到迷惘,一切都在按惯性走,他很安定,除了——偶尔会有一些莫名其妙的冲动。

许戈从来不承认自己是一个作家,她只是业余喜欢写点通俗小说,她出过三本书,内容都是职场故事,关于女人与女人、女人与男人之间的博弈。她不喜欢言情小说,如此看来,是因为她真的不能准确地理解并描写出那些"冲动"。当然,那三本书里少不了男欢女爱的情节,但那都不是重点,只是为了给小说增加些看点。她不擅长在书里表达自我,也有可能她对自我还不太确定。就朱险峰出轨这件事,她最终还是依靠一本小说找到了灵感。植入大班脖子上那只项圈里的针孔窃听器,录回了朱险峰和蒋夏朵"在一起"的证据。听上去,朱险峰并没有向许戈承诺的"永远不再联系"的打算,他的声音轻松、愉悦、毫无顾虑,他们一起取笑绝育了的大班,反复问它想不想自己那四个孩子。朱险峰的话很多,像个出差一段时间回到家的男人那样,只是在蒋夏朵开玩笑说要给他生个小孩的时候,他没接一句话。他们沉默了好一阵。听到这个地方,许戈不确定这沉默是默认,还是百感交集到无语,最有可能是他们在这个话题之下酝酿着干起了"交配"的事情。

许戈从没想到过找蒋夏朵,她觉得没有多少胜算的资本,除了那张不知道塞到哪里去了的结婚证,她并不比蒋夏朵多出什么。她不知道要跟她怎么谈,以怎样一种语气跟这个年轻的女孩谈谈关于一个公务员"私德"的问题。事实上,听到他们谈生孩子的话题时,整个事情就发生了变化。她将录音内容发送到了蒋夏朵单位的官网邮箱,实名举报了该单位员工蒋夏朵的小三行为。她并没有预料到结局,在点击那个发送提示的时候,她没想到更多,就像是在给某个部门发送投诉报告,类似于向环保局投诉垃圾焚烧场的安全距离,向工商局投诉保健品乱标价,等等,这些投诉往往都石沉大海。当然,在她过去的小说里,小职员搜集证据举报上司而获得了正义的胜利,但那仅仅是小说里的结局。

跳楼的结局很像一本小说拙劣的收场,潦草到让许戈难以置信。就像她每天打开手机,偶尔会跳出一桩关于自杀的新闻,理由往往简单到让人惊叹,也会让人绝对相信,死者在还没断气之前一定对自己的冲动后悔得要死。朱险峰向调查的警方说明,跟蒋夏朵最后一次因为离婚的问题发生过剧烈争吵,她从家里跑出去了,他没有追回她,他以为让她独自冷静一下,事情就会缓和下来。根据他的经验,他跟许戈无数次争吵最终都是这么"冷静"掉的。可是,他和蒋夏朵之间如鲜花盛开般短暂的爱情生活,谈何经验?

蒋夏朵的死亡使得这件事有了很大的反转。他们离得很干脆，没有任何条件，更谈不上任何纠缠，朱险峰连吉他也没背走，好像是一种冲动的赌气行为，又好像犯错误的是她一个人。在两年多的独居生活里，许戈置身于一种自我谴责之中。午夜梦回，她心里总是会响起一个声音——何以至此？如同从某个小说结局开始倒推，一直推到故事的开端。

女人打开门之后，许戈看到了那张餐桌的另外一端。那一端的墙上，挂着一张大大的婚纱照，黑色礼服，白色纱裙，按照摄影师要求摆好的标准笑容。新娘跟眼前这个女人不是很像，过浓的妆使她比真人要老一些。

听明白许戈的意思之后，女人对许戈表示了歉意："因为老公刚刚过世，我一个人住太害怕了。实在太抱歉了。"女人边讲边抬头扫一眼墙上的照片。

许戈理解地点点头，但还是表达了这些灯光对她睡眠的困扰。她提出了一个折中的办法。"可以换一种灯泡，那种光线柔和的灯泡，二三十瓦已经足够亮了。"许戈说的是那种落地灯原配的灯泡。

"哦，是的是的。我有那种灯泡。真的真的很抱歉。"女人已经道过好几次歉了，但听起来她似乎并没有采纳这个办法的意思。

"是这样的,可不可以再忍耐几天,我的意思是说,过几天我就会关掉的。"

女人的声音里完全缺乏她那个年龄的中气,跟她瘦弱的身形倒是很相符的,说到半途没来由会停顿下来,倒也不是出于谨慎。事实上,她说话一点不谨慎。不到一刻钟时间,许戈就被迫听到了一些关于她自身的事情。她在单亲家庭长大,一直跟父亲过,出事之后,本来父亲是要过来陪她住一段时间的,但是他们之间发生了一些争吵,她把他赶回东北了,不过,现在他们又和解了,再过几天,等父亲办好提前退休手续,就搬过来陪她。到那时,她一定立即把那盏灯关掉。

女人迫切地希望得到她的同意。

"要是不忌讳的话,您愿意坐下来喝杯茶吗?"

许戈原先没有这个打算的,但还是坐下了。

女人在茶几的抽屉里匆匆忙忙翻了一阵,想找那种一次性纸杯,但发现已经用完了,只好从另外的抽屉里取出一只青瓷杯子,解释说,这是给客人的杯子,我们平时都不用的。在走进厨房冲洗之前,她又对许戈强调一遍:"他的东西我都整理打包了。"

许戈倒不在意这些。那个青瓷杯子很好看,有点像是日本苏山烧制的清水杯子,跟红茶的汤色极其相配。她大大方方地举起杯子,呷了一口。女人才放松下来,坐到了沙发的另一端。

这房子是小区里那种最小的户型,设计师为了保证其他大房的每扇窗户都能看到树木,又不至于浪费地产空间,隔出这种小户型,均价比大户型要便宜三分之一,除了小,它的缺点是采光不好,窗户都对着墙。

"我和他都是独生,结婚很不容易。他家经济条件不好,当初买这个房子,我爸用光了积蓄。装修是他们家的。"女人苦笑了一下。

"没关系的,你还年轻,可以重新开始。"许戈认真地看着女人。她长得挺好看,小小的鹅蛋脸,鼻子很直,梨涡浅浅,就算是这种苦笑,想必也是惹人怜爱的。

"明年三十了。"

"三十岁是最好的年龄。"

"说实话,我没有信心能过好。"女人摇了摇头。

"会好的。"许戈点了点头。

聊过一会儿,许戈提出要去看看阳台那盏灯。

"这个阳台是唯一能看见树的地方。我们也很喜欢这里。"女人的心情似乎振奋了一些。

站到阳台上,许戈一眼就看到了自己的家。同一侧的客厅、书房、卧室,统共三排窗,被楼下几株香樟树簇拥着,为了配合窗外的绿色,她特意挑选了奶油底色的花卉窗帘,从外边看起来就像一年四季都置身于春天里。许戈也看到了那盏挨着栏杆的落地灯。果然跟她家那盏一模一样，戴着一顶淡绿色的帽子，要是翻开底座的商标来看，说不定就是同一个厂家生产的。

"我们本来还有很多计划，先好好玩几年，然后再生两个娃。我想去希腊，他想去硅谷看看。他是个程序员。"

开始时都是这么想的。许戈伸手出去，拉了一下那棵合欢树的枝条，摸到了柔软的叶子，拉近看，羽毛一样的小叶片排列在叶轴的两侧，又细又密。

"这些叶子会不会长进屋里？"许戈觉得自己实在是没话找话。

"嗯嗯，我们一直都在等这些叶子长进来，应该会的吧。"

许戈点点头。阳台这里的确是这间房子最好的地方了。

她们往房间走回去的时候，又经过了那张餐桌，因为地方窄，只放了两张椅子。许戈下意识望一眼那个男人时常坐着的位置，心里一阵凄凉。

"你知道吗？合欢树的叶子跟其它树叶不一样，是昼开夜合的。"女人送她往门口方向走的时候，突然问她。

"哦，是这样的呀。"

事实上，从这个阳台上看不到许戈家的另外一侧，还有一扇窗子。那里是一间儿童房改造的属于大班的房间。大班住在里边，吃饭、嬉戏，他们给它买了不少玩具，还给它安装了一个两层高的狗别墅，大班喜欢窝在里边的海绵垫上睡觉。在那扇窗子的楼下，也有一棵高高的合欢树，隔一段时间，他们要用剪刀去剪断那些伸进来的枝叶，四五月份的时候，羽扇一样的绒花会跌落到房间里，要是不及时收拾，大班会去吃那些花。曾经在某一个春夜，因为花粉过敏，她和朱险峰带大班去吊水，在宠物医院守到天亮。

"有一阵，我们很好奇，要是晚上用灯光去照那些叶子，是不是就不会合上？就像在白天一样，如果时间长了，它们是不是就分不清楚白天和夜晚？我们说过要试一试的，嘿嘿，你觉得可笑吗？"回忆让女人变得话突然多起来，她看看许戈，又继续往下说，"我们经常会有很多无聊的想法。可惜这个事情我们没能一起去做，我们有很多事情说好的都没去做……"

"我该回去了，我们养了只萨摩耶，现在没人在家。"许戈打断了她。

"哦，哦，好的，抱歉啊，耽误您时间了。"察觉自己的兴奋实在不合时宜，女人又向她道了一次歉。

在通往门口那条廊道的墙上，极有设计感地组合着一些小相框，一眼望去，相框里都是他和她，有单人，有合影，背景都不一样，是他们挑选出来的值得纪念的印迹。离许戈最近的那张，两人穿着那种海滩景点都在卖的黄花衬衫，衬衫上的椰子树跟他们靠着的那棵很相似。他们依偎着，背对蓝色大海。程序员笑得没心没肺，嘴巴咧得阔大，完全意识不到在不久之后，他命运的程序将会突然遭到修改。女人笑得很甜，专注地看向镜头，好像那一刻从她眼睛里看出去，无论是什么她都会爱上。照片里全是美好的瞬间啊。

要是在那面墙下再多待一秒，许戈觉得自己可能会哭出来。分开那么久，她从没如此强烈地希望朱险峰能看到她现在这个样子。

他们找的那家医院环境很好，依着山。因为这里成功诞下了很多试管婴儿，在业界享有口碑，医院干脆以此特色为风格重新装修。相比其他远远就看到"急诊"两个触目惊心的大字并弥漫着消毒水紧张气味的医院来说，这里可以说格调温馨，几乎有点不像医院了。入口处的小院子里，布置了一个心形的巨大花坛，花坛里摆放应季的花卉。在花坛背后，有个小水池，长期叮叮咚咚地从一个瓦罐子里流出一股清泉，这些清泉落入池里，又继续循环进罐子淌下来。在这股循环的水流底下，立有一座水泥塑像，一对夫妻相向站立，额头抵着额头，四手相牵，手臂搭成一只"凳子"，上面坐着一个胖乎乎的小男婴。每次经过这个雕像，朱险峰都免不了要嘲笑一番，认为它过于具体，毫无想象力，更谈不上什么美感。这种时候，许戈总是会严肃地制止他，甚至隐隐迷信是否因为朱险峰的这种态度导致了他们的失败。这个实在毫无艺术感的雕像竟然曾经是许戈的图腾呢。

许戈在这座雕像跟前停了下来，她觉得应该告诉朱险峰一声，尽管在那份协议里，在那些打印好的一项项条款后面，他们用笔签下了自己的名字，但那毕竟已经是过去的事情了，那时候，她的意见就是他的意见。离婚后，他们一次都没就那两颗冷冻起来的"希望"进行过交流，他们很少联系，只有那么两次，一次是为了找到大班的注射疫苗记录本，另一次是许戈母亲去世。

"我现在医院，打算按照协议上的处理，将那两颗胚胎销毁。"

打出"销毁"这两个字，许戈心里颤了一下。她应该用一个温和的词。在她写书的时候，她的词汇还算丰富的，有时候故意不去选择智能输入联想出来的词组，这样会显得她更为讲究一些。她的手指停了下来，推敲着，手机屏幕乌下去又亮起来，亮起来又乌下去，几个回合，她还是想不好一个相近的替代词语，似乎再没有比协议上这个词更为准确和直接，在他们一起做的最后的这件事情上，她不希望跟他有任何歧义，甚至出现一点点理解上的误差。

"按照你的意愿办，我都接受。"那边几乎是秒回。是看不出一点情绪的回复，更看不出对这个词有什么不快。

许戈对着雕像抿了抿嘴，那感觉非常熟悉。过去的婚姻生活里，在某些时刻，她总会为自己这些多余的担心而感到后悔和受伤。

核对过许戈的身份证和离婚证之后，护士调出了当初他们签的那份协议，在一张授权书上让许戈签上自己的名字。按照协议，夫妻双方离婚后，同意将剩余的胚胎授权医院进行销毁。

"我想问一下，销毁是怎么做的？"一直以来，许戈只对胚胎移植成功之后的状况进行过细致钻研，她查找大量书籍，并加入了好些个准妈妈群，旁观她们的交流，她清楚胚胎着床之后孕妇的各种注意事项，药物辅助，饮食护理，也清楚胎儿在腹中每一个月的变化以及孕妇应做的种种配合，她甚至懂得如何育婴。但她从来没有想过要去了解"销毁"的医学所指。"胚胎是无意识的生命"，她不知道是谁先说的这句话，被很多准妈妈像格言一样引用。他们将怎样去销毁这两颗生命？一路联想下去，许戈惊心动魄，手心里的汗让她几乎握不稳手中的笔。

年轻的女护士抬起头看看她，向她展开了一个职业的微笑："等于进行安乐死。"平静、淡漠、不容置疑，天晓得这句标准答案从她嘴里说出过多少遍。

　　许戈对这个答案并不满意，也没有获得些许慰藉。在走出医院的路上，她一直按照字面去琢磨：冷冻胚胎，即胚胎在零下一百九十六摄氏度的液氮环境中得以存活。反之，她和朱险峰的那两颗"希望"势必将会在解冻的温暖中渐渐失去生命力。她更愿意这么不靠谱地去理解。

　　那朵失眠的睡莲终于收拢起了花瓣，比其它花收得更紧致。许戈去看的时候，感到有些失落，好像她和它之间失去了某种联系。第二天中午，她又去看，满池苏醒的花朵，开得欣欣向荣，尽管有一些已经开始步入凋零，萎谢的花瓣落到了叶面和水面，但还是挣扎着盛开了。那朵花竟然还在睡，对灿烂的阳光毫无知觉。看起来，它的花瓣还没有松动至跌落的迹象，倒是被一些什么力量收紧着，像一只握起的小拳头。或许它是醒着的，只是捂着一些孤独的秘密，等到想好之后，它会再张开。许戈想，应该等等看。

　　《中国作家》（文学版）2020年第11期

名家点评

在《睡莲失眠》中，尽管一直默契地不去碰"孩子"这个话题，但朱险峰依然由于莫须有的"男人气概"而出轨，许戈因此丧失对婚姻和爱情的信任。女性的人生陷入奇谲的吊诡之中：她的婚姻和事业都因孩子受到巨大的波及，无人能够幸免。英国作家蕾切尔·卡斯克曾在她的首部非虚构作品《成为母亲》中这样写道："孩子的出生不仅将女人和男人区分开来，也将女人和女人区分开来，于是女性对于存在的意义的理解发生了巨变。她体内存在另一个人，孩子出生后便受她的意识所管辖。"事实上，孩子往往让女性在婚姻和事业之间左右为难，假如她们试图维持两者的平衡，就须付出代价，做出让步。更可怕的是，有时候尽管做出自我牺牲，如许戈选择做胚胎移植手术，但她的人生也没有沿着先前正常的轨道运行，而是被更远地抛出了生活之外。究其缘由，这通常是两性角色在社会和家庭中的地位不一致所造成的："他"首先是一个生产者，其次才是一个丈夫或父亲；"她"则首先是一个妻子，一个母亲，而且往往只是妻子或母亲。

好在作家不只停留在描写女性对男性的依附关系

上，而是把更多的笔墨放到了女性主体意识的觉醒。得知丈夫出轨的许戈，没有像众人所想象的那样选择谅解，只是缓慢而坚决地同这段表面光鲜、实则内里早已破败的婚姻告别，销毁掉一切不必存在的联系，重新开始自己的人生。昼开夜合的睡莲本是世间常态的显现，唯独那朵白天绽放、夜晚照旧盛开的睡莲，隐喻了她们——这群重获主体意识的女性的卓尔不凡与温柔凛冽。

长江文艺出版社 梁又一 ++++++++++++++++

创作谈

在广州这个城市,我也积极地开始了我的阐释之旅,这样的旅行,是没有终点的旅行,而沿途,现实的广州与小说的广州,相互重叠,相互剥离。我身在其中,自然也如此,我比生活在这个城市的人,多了一个广州,多了一个自己。这样做,仅仅是为了——通过内心不断地做加法的努力,以达到人生不断地做减法运动。

当然,还是有不少人会对写作产生一种幻觉,就好像当自己在生活中遭遇不公,遭遇挫折的时候,才会想起写作或者阅读。他们幻想着能够得到支援,幻想着能在这种心灵的活动中寻找到解决的途径,像对一个无形的神甫做一次次释放的祷告。他们甚至美其名曰——回到内心。言外之意就是,他们从现实中出走,如今要回到内心。而在我看来,恰恰相反,写作并不能产生一种超能力,写作的道路是相反的,作家要从内心出走,回到现实。作家的任何一次出发,都是从心灵开始,然后出现在一条蜿蜒远去的公路上,像一个执著的旅人寻找自己的大漠孤烟。只有这样的写作才是有效的,才是勇敢的。

我们因为这种勇敢,破解着生命的加法。

黄咏梅《寄放在这个世界的另一地址》
《文艺争鸣》2008 年第 2 期

多宝路的风

妈子和豆子

乐宜再也不在多宝路住了。

她迈出这条小巷的时候,自己也不知道明天会是怎么样的,她在这里住了二十五年都不知道自己是怎样的,横竖是一样,所以她一点感觉也没有。

穿过玉器街,这条长不足百米、宽不足五米的青石板小街,两边一溜摆开了摊档,不是吃的,是那些细小、贴身的小日杂货:老太太的玉手镯、老头儿的鼻烟嘴、小媳妇的玉簪耳环甚至蔻丹、小娃儿的护身如意……这些东西,不算太重要,乐宜听她妈子说,从前这里可旺了。从到多前?妈子说自己还没有乐宜大的时候。那乐宜就能想象到了,就是那些小零杂碎给匮乏的生活插上一朵小花,斟上一杯小酒,给日子蒙上一些小盼头。到今天,客人当然已经不会太多了。事实上整个多宝路已经不会有太多人光顾了,尽管在这里生活的人一直都持着那点自傲——东山的少爷,西关的小姐。这西关,说的就包括这里的人。可是,这是一句古话,现在再提这句话,听起来有一种赝品的感觉,就好像这里摆卖的玉器古董一样,说起来还是古董,可谁不知道这是刻意打磨弄旧的廉价了的货呢?同样,这里的人说起来还是西关的人,可谁不知道自己就是那些住在旧城区的老市民呢？

乐宜听到一把熟悉的声音在不远的档口响起，那把声音从悬挂着的一挂挂玉器丛中透出来，还伴随着琳琳琅琅的玉器相互碰撞的声音——先生，男戴观音，女戴佛嘎，你不知道的啦，不骗你的啦……

那是她妈子的声音。她很久没有隔这么远听她妈子的声音，觉得有些怪怪的，好像隔着那些古董穿过那些玉佩传过来，就带了些回声，不太像往常听到的那把市井的沙哑的老声，让人有着一种不容蔑视的力量。

乐宜不想经过妈子的档口，她宁愿这样隔着这些琳琳琅琅的声音听她妈子，而不愿看到她妈子因为兜售客人把自己装扮成古装模样：盘着旧时的髻，髻上插一支廉价的铁簪，两鬓各用两个"猪屎耙"将头发刮得光溜溜的，显得两边的颧骨更加高了，身上却是穿着动一动就窸窸窣窣像下梅雨的声音般的香云纱料子套装。香云纱是旧时老人最喜欢的料子，很凉快，据说穿着它出的汗也会变成凉水，这种料子多数是咖啡色，暗暗的花纹镶在咖啡色里，只有借助反光才能看到花纹的凹凸来，是那种很含蓄的花样，所以，西关的老女人特别喜欢穿它，明摆着是暗自要跟岁月较劲的。款式也大同小异，对襟的宽上衣，短而肥大的裤子，一扑纸扇，风就灌进去，上身下身都畅通无阻，她们形容那风就像西关旧屋都有直通前门后门的"冷巷"的"穿堂风"。这些老女人最喜欢搬把有了年头的烟黄滑亮的竹凳坐在骑楼底下扑扇,一扑,就窸窸窣窣地响起来,分不清是纸扇还是香云纱的声音。至少乐宜的外婆生前就是喜欢坐在门口扑扇的,后来,她妈子盘下玉器街的一个档口做生意,也就翻出外婆的那些香云纱,在档口有滋有味地扑起了扇。

"驮个观音保四季啦……"

"喏,先生,从这条巷直走出去,往左行,行到一个十字路口过马路,再行二百米左右,就到光孝寺啦,拿着这只观音到那里开个光,贴身戴,保四季平安,要健康有健康,要发达有发达,不骗你嘎,好多像你这样的外省人都专程找来这里买,买了在光孝寺开个光戴在身,很灵的啦……"

踩着妈子的声音,乐宜一步一步,从相通的另外一条巷子走出了玉器街,那些青石板路,从没如此光滑地让她不得不留心脚下,直到走出这一段,一出去,就是车水马龙的大街,站定了,如释重负地呼了口气,身后的巷子,就剩下了一个孔,窄小的幽暗的,像从一个刻成"田"字形的玉坠看进去一样,所有的声音、光线、生活诸如此类的东西,就像魔术一般地变成了一个玉坠,贴身地挂在乐宜身上。

妈子今天总算是有收获了,那样她就不会一收档就在骑楼底下打通宵麻将,理由是第二天要起来开档,有了今天的收获，妈子就有了等待明天收获的兴趣。

乐宜喜欢妈子有收获还有一个重要的原因：她就不用听妈子在饭桌上跟她说她豆子的事情了。

她豆子是前年离开她妈子和她的。妈子说，豆子不是因为她们母女俩死的，于是豆子死了两年她都一直怀恨在心。乐宜明白妈子的心情。自己的男人为什么不是因为自己而死呢？她一个西关女从前是那么的矜贵，就算时代变了，也变不走过去曾有的矜贵的啊。妈子每次愤恨甚至歹毒地诅咒豆子的时候，乐宜总是不吭声。其实妈子不是在诅咒豆子，而是在诅咒隔壁的四川婆。

四川婆比妈子要小二十岁上下，在乐宜读高中的时候，这个女人仿佛就从天而降在她邻居的家里。用妈子的话来说，是隔壁那个四十岁的王老五从"鸡窝"将她捡回来的，也就是说，她一来就是个"鸡"。由于妈子的缘故，乐宜从来没有主动跟四川婆说过话，就算在巷子里面对面碰着了，也是四川婆先咧开嘴跟乐宜打招呼。平心论，四川婆是挺美的。身段高大，脸盘圆圆，眼睛圆圆，鼻子挺挺，额头宽宽，最引人注意的是她的额头中部的头发旋出了一个"美人窝"，就像那个丰满的明星许晴一样，如果妈子不是捕风捉影的话，乐宜认为豆子就是被四川婆的"美人窝"给"旋"走的。

妈子在多宝路的资历跟四川婆的魅力简直是势均力敌。

男人都喜欢故意走过隔壁家的门口，放慢了脚步往西关旧屋的堂子里瞄。乐宜知道其实什么也瞄不到，因为这种旧屋很深很暗，而门口常年是用个雕花的趟门掩着，能看出什么呢？而多宝路的女人全都会站在妈子的这一边，坐在骑楼底下扑扇，指桑骂槐。隔壁的四川婆不知听没听懂，反正是没什么动静的。在那些女人的形容底下，四川婆就是那只被捉进米瓮的老鼠，迟早要把米给偷吃完的。不管是不是，她们一致认为豆子就是四川婆吃光的，骨头都不吐地蚕食掉的。

自从四川婆住进多宝路，妈子每到七月十四，也就是鬼节，晚上，除了杀只鸡拜祭过路的神神鬼鬼，妈子还多了一项重要的活动，那就是——打小人。顾名思义，就是对小人的咒骂和驱逐。妈子从巷尾神婆谢姨那里弄来了一叠被念过咒的纸剪成的小人，然后就操起自己的拖鞋，跪在家门口的巷子边上，一下一下地往纸人拍下去，口里还念念有词——打你的小人头，令你一世没出头；打你的小人手，好运见你都掉头走；打你的小人脚，全身衰气没得掉……妈子从夜晚念到更深的夜晚，直打到小人彻底成为小人。乐宜曾经一度怀疑那些青石板路就是旧时砌来打小人用的，一拖鞋打下去，清清脆脆，就像打在人脸上的一记记耳光，让人产生快感。妈子瘦瘦的身体跪在青石板上，烛火映照下，颧骨更加显得凸出。

这些，表面的和背后的，豆子全都看在眼里，但他就是不出声。

　　豆子是争不下的。虽然乐宜不知道豆子跟四川婆有没有那回事，但是豆子喜欢偷偷看四川婆，她是知道的。乐宜亲眼看过在秋天一个晚上，豆子披着件外套在隔壁家的门口，透过雕花的趟门，上上下下寻找里面的东西，像一头发情的猫一样急切。偷看了一会，估计也看不到什么，索性就站定在门口，然后乐宜就听到滴滴答答的声音，乐宜才知道豆子是在隔壁家门口的青石板路上撒起了尿来，溅落在青石板上的水的声音，同样是清脆的，水声让夜更加安静了。乐宜听过妈子数落豆子——

　　"成把年纪了，还发什么情，过去撒泡尿像射箭，现在撒泡尿像条线，还想搞女人，搞什么搞……"

　　"有本事出芳村搞北菇鸡，不要在这里搞街坊……"

　　豆子是那种沉默的男人。没事喜欢一个人坐在厅堂的红木蛇摊拐上，泡一壶茶，对着黑黢黢的厅堂，不作声。在豆子死之前，乐宜唯一听过豆子说妈子的坏话，是他叹了口气后对乐宜说的——颧骨高高，杀夫不用刀。

　　说过这句话不久，豆子就死了。

　　豆子的死其实跟四川婆一点关系都没有。

　　那天豆子在巷口的士多店里喝了一支豆奶，开盖后就发现自己中了头奖，盖子里边写着"恭喜您中了头奖！"豆子呛了一口豆奶,一边咳个不停,一边把盖子递给士多店的强仔。豆子中了头奖!豆奶瓶身的商标下明明白白地注明了:头奖五十万,凭盖子领取。

豆子还没有咳够,就带上盖子飞往北京路上的豆奶公司。据豆子说,那哪里是什么公司,不过是一间小房子,里边就三几个外地人,满嘴的普通话,拿着豆子的盖子说什么,过期了,过期无效。豆子用蹩脚的普通话跟他们说,很结巴地说,什么过期?是奖金过期还是豆奶过期?由于豆子的结巴,那些外地人就有了底气,七嘴八舌围着豆子说,好像豆子是个欠债的。豆子没有办法,语言不通。一转身就往消费者协会去了。接待豆子的人还好是个广州人,豆子很流畅地表达。那人一开始也很义愤填膺,说一定要他们兑奖,这些外省人以为广州人好欺负,不兑奖就告他们,告到他们裤子脱。豆子满怀激动地握着那人的手,觉得自己人就是好,说话好,心地好。可是到第二天他再去找那人的时候,就完全不是这回事了。那人换了一副冷冷的脸,把豆子晾在那里足有半个钟,后来实在耐不住了,就对豆子说,回去吧,我去问过那个公司了,确实过期了。豆子说,翻遍了整个豆奶瓶都没看到注明有领奖期限啊,再说了,豆奶还可以喝,为什么奖品就过期了呢?那人说,人家是公司内部制定的日期,你知道吗?丢那妈!豆奶又不是给公司内部人买来喝的,为什么是公司说了算？豆子终于熬不过说了句脏话。那人好像好不容易抓了把柄似的来劲了，你再丢，你再丢，我叫差佬来捉你！

最后豆子被保安半送半撑出了消协。

到口的肥肉就这样没了。

豆子坐在厅堂的蛇摊拐上，没有喝茶，一直在叹气，丢你妈！丢！丢！那些死捞佬居然串通本地姜，吃人不眨眼啊！广州人管那些讲普通话的，无论是哪里的都叫"捞佬"。

这样气了一个下午，豆子就在蛇摊拐上没声气了。妈子收档回来看到豆子死人一样瘫在那里，又开始骂骂咧咧。最后，就成了哭哭啼啼。

医生说，豆子是因为天气炎热，加上急火攻心，脑溢血死的。可妈子偏偏不相信，硬是说豆子是对四川婆起痰起到流鼻血，欲火攻心死的。

乐宜觉得妈子这样认为，大概有她说不出口的理由。豆子死的时候，五十七岁，妈子也紧跟着五十五岁了，乐宜在妈子身上见证了人老珠黄这个词。妈子真的没有一块比得上四川婆，黄瘦的皮肤，终日宽大的衣服也掩饰不了她的"飞机场"一样的胸脯，用来打小人的手青筋暴涨，还不识相地在空荡荡的手腕上戴一只家传的翠玉镯，经常对别人炫耀她的玉镯，说是几百年留传下来的嫁妆，都戴出血丝来了，一点不晓得人家对她干瘦得像鬼的手臂惊讶过对那只传家之宝。

豆子死后，妈子不但没有停止打小人，反而变本加厉了。乐宜每天晚上几乎都可以听到妈子用拖鞋拍打那张白纸的清脆的声音，哒、哒、哒。乐宜不会阻止妈子，只要妈子有快感就好。

因为乐宜知道自己不会改变妈子什么，她知道自己只会在某个时候离开这里。

薏米笑了

薏米笑起来很欢乐，没有牙齿，嘴角咧得撑开了整张脸。

乐宜舀起一粒，仔细地看，腾起来的水蒸气将那粒纯白的小东西衬托得像是海外仙山上的琼瑶一样，乐宜眯起眼睛在氤氲中辨认着这笑容，无牙的熟悉的是童年般的笑容，然后，自己的脸上也挂起了笑容。

薏米开口笑了，汤就好了。

薏米是一种很好的东西，妈子煲汤，无论什么汤，都要塞进去一小抓。妈子想知道火候，就问乐宜——薏米开口笑了没？

坐在小客厅的沙发上，乐宜用嘴咀着碗里的那一粒粒小薏米的时候，忽然就对着对面的那幅白白的墙笑了起来，她想起了那个片段——

"薏米？为什么要放薏米？"

"薏米最好的好处就是能去湿，广州这个城市湿气太重！"

"去湿？湿不好？咸湿，你不喜欢？"

去湿？咸湿？

耿锵装得很一本正经、很费解的样子立刻放大在那幅墙上。乐宜当时就一下子笑喷了。都不知道怎么说好。乐宜明知道耿锵是装傻的，故意搞笑的。基本上没有一个在广州生活的人不会不知道"咸湿"是"好色"的意思，这是广州人对男人的形容使用频率最高的一个词，好色的男人，她们就说他是个"咸湿佬！"；不好色的好男人，她们就说他不是个"咸湿佬"，好色的不好色的，都喜欢这样来形容，这个词说起来也很好听，迅速、有力，听的人有快感，说的人也有快感，但这个词恰恰是最难念好的，来自不同地方的人有好几种版本的发音——"蛤色""喝塞""害事"……，而读成"憨涩"的最多，这是比较接近正版的一种读法。

耿锵就把"咸湿"读成"憨涩"。

耿锵后来就喜欢在乐宜面前说这个蹩脚的"憨涩"，几乎成了口头禅。比如说，乐宜有一次破例为他沏了一杯冻顶人参乌龙茶端进去，他高兴地对乐宜说，谢谢，你对我真"憨涩"；又比如说，乐宜有一次来例假心情不好，把文件打得错漏百出，耿锵就夸张地对乐宜说，有没有搞错？这么"憨涩"的文件谁看得懂？

这是耿锵让乐宜觉得可爱的一面。她以前应聘过的上司，做事和玩就像等级的划分一样严谨，做事不好玩，玩的时候好玩，可耿锵不一样，做事的时候好玩，玩的时候也好玩。

但无论玩还是做事，乐宜都能感觉到耿锵的认真。包括对乐宜的爱情，乐宜也相信耿锵的认真，虽不能说至死不渝，起码也是至情至性的。

面试的时候，耿锵就问陈乐宜，如果公司要你三年内不生小孩，你会怎么回应？

陈乐宜安静地坐在耿锵的面前，两手放在膝盖上，脸上什么回应也没有。开口说，我根本不打算生小孩，没什么可考虑的。

耿锵看着对面这个小个女人，大概不到一米五五的样子，骨架小小，脸小小，哪都小小的，当然，胸脯也是小小的，像一粒薄荷糖，"细细粒，容易吃"。耿锵想到这里的时候，并不是说他的目光就停留在了她的胸脯上，耿锵是个很注意形象的男人，他知道不少公司招人就是想趁机揩油，听说有一间外地驻广州公司就因为这样吃了官司，公司压根儿就不需要招人，还到人才交流中心把那些女大学生、研究生勾引了进办公室，东看西摸，最后一个也没招。这些，对于耿锵来说，都是些极其低级的错误，他耿锵才不会去犯傻贪这些小便宜。不过，眼前的这个叫陈乐宜的小个女人，不知道为什么，让他觉得有些特别，心的某个尖尖的地方好像被人刮鼻子似的顽皮地刮了一下，有点酸酸麻麻的感觉。还有就是，这个女人一副浅淡的眉目，浅淡的表情，总是把耿锵的眼睛一点也不觉得尴尬地长久地放在上面，很舒服，真的很舒服，就像一双走倦了的脚放进了一对柔软宽松的鞋子里，有边有沿却好像又没有。

耿锵在决定录用乐宜的时候，就好像决定一件很高兴的事情似的，连他自己也不知道为什么。他从来没有求贤若渴的需要，但是，他打算把乐宜放在自己办公室门口的秘书位置上，一想到这里，耿锵就有些激动，好像刚从花木市场买回一株阴生植物搁在那一样，给这个朝九晚五的公司生活带来些清新的绿色。这不是四十岁的男人应有的表现，耿锵按捺着自己的情绪，生怕被一个同行抢走自己的商业秘密一样，捂得滴水不漏，他在这方面很有一套。

耿锵送乐宜出门口，握了个手，觉得这个小个女人，真的是小，站在他旁边，还不到他的肩膀。"细细粒，容易吃"，耿锵心里又一次响起了这句粤语广告词，在他心里也是押韵地用蹩脚的粤语念了出来。

终于有一天，耿锵在乐宜的沙发上，没错，就是现在乐宜坐着的这个位置上，嚼着乐宜从沙煲里捞出的汤和薏米，耿锵才知道，薏米原来也是"细细粒，容易吃"的。

那是一个加班完的夜晚。

耿锵当然是要送乐宜回家的啦，那么晚；耿锵当然是要把乐宜送上楼的啦，那么熟；耿锵当然要进门喝刚才在车上聊到的百合薏米汤的啦，那么好；耿锵当然是要抱抱乐宜的身体的啦，那么小；耿锵当然是要亲吻乐宜的唇的啦，那么想；耿锵当然是要和乐宜睡在床上的啦，那么爱。都做了。照耿锵后来的说法就是，顺便都做了。

耿锵冲破了乐宜的生活，将乐宜逼到了一个潮湿的胡同里，乐宜当时就有一种熟悉的绝望，兜兜转转，乐宜又回到了那个青石板的小巷里，逼仄的，黑暗的。原来，多宝路以及多宝路的岁月，真的是随着乐宜的那一个回眸被刻成了一枚"田"字形的玉佩，贴身挂在了她的皮肤里，在挤压和揉搓之下，硌得她一边疼痛一边欢愉。

疼痛和欢愉对于乐宜的表达，还是像她的五官一样浅淡，耿锵就趴在她青白的脸上，看不到一丝变化。这个女人，也许真的是任何的开端和结局都不能影响到她，她品味生活是她自己的品味，她咀嚼痛苦也是她自己的咀嚼。但是，耿锵在结束的那一刻，很明显就感到那一股热的流淌，是她的身体无论如何也难以隐瞒的信号。红色的信号，在十字路口被指代为禁止，在香港台的电视里挂在屏幕右上方表示暴雨警告，在世界杯的裁判手里是罚出局的告示，而在这里却是一种幸福的表述。

"乐宜，出去要带眼识人，不好轻易上那些麻笠佬的当啊。"

不知道耿锵算不算是妈子说的那种"麻笠佬"呢？实际上乐宜压根儿不敢把耿锵带到多宝路去，她很清楚上了耿锵的床就等于上了他的当，这个当她是甘心上的，因为她让自己被耿锵逼到那条潮湿逼仄的小巷里的时候，薏米在锅里，咧开了嘴巴，她的心里，也同样咧开了嘴巴。

"妈子，我在外边过得很开心，有空回去喝你的汤……我自己？有啊，天天都有煲汤，有啊，有放薏米啊……妈子，我要收线了……"

乐宜的电话刚一放下，她的情人就把她带到了快乐的浪尖，她都怀疑，妈子刚才跟自己通话的时候，有没有听到耿锵在她身上急切的声音。

乐宜从喘气的声音里，隐约听到了一阵阵青石板的哒哒哒的声音，节奏的快感，带来了双重的快乐，她要相信那就是快乐，她的快乐，跟多宝路的快乐。

运动就在家门口

耿锵下班回到天河公园旁边的家。一掀开窗帘，满眼的绿树，虽然已经是傍晚时分了，但树毕竟是树，只要长在那了，天再黑，也改变不了给耿锵那种绿色的感觉。只要耿锵从公司回来，第一件事就是掀开窗帘，看树，再晚也要看，就算晚到树和夜色已经分不清楚了，耿锵还是能把自己想象成在绿色的包围底下，就像回到了童年时候的农村山坡上。这就是耿锵为什么要买下这套房子的原因。买的时候，这房子正在热卖中，说什么都不打折，但是耿锵咬牙就把它买下了，而且还不偏不倚地是九楼。多一层少一层都不干，为什么？就因为九楼的阳台正好伸手可以摸到公园里的一棵相思树的树顶。为此，耿锵老婆还跟耿锵发过脾气，耿锵涎着脸跟他老婆说，除了这件事听他的以后什么事都依她。耿锵老婆拗不过，还是咕哝地说了一句，这树有一天肯定会长得超过我们家阳台的，难道你就跟着这树一层层往上搬不成？耿锵认真地说，它真要蹿上去我就掐断它。搬进去后，耿锵总是没事就探出手去摸那相思树顶。

一年过去，相思树果然就长了上去，耿锵掐也掐不住。

耿锵是透过那些树叶缝隙间看到他老婆的，看到他老婆吭哧吭哧地从这个缝隙跑到那个缝隙,像是卡通片里的那个肥胖的被捉弄的厨娘一样。耿锵张口叫了一声——蔡晴!

楼下的那个女人当然听不到有人叫她,更想不到有一双眼睛就在楼上透过树叶追着她看。她正在积极地实行——运动就在家门口!进入夏天以来,因为大量的上一季的衣服已经撑不下了,所以迫不得已每天下班回来后,锅里放了米就到楼下天河公园跑步运动减肥。

天河公园旁边的家。这在他们公司的同事经常拿来作为榜样的口号,好像耿锵来广州,整个就成了一句广告。是啊,这个城市,几乎每走一步都是听不出籍贯的普通话,而这些操着普通话在这个城市的肚皮上自由穿行的人,高矮胖瘦,自己肚皮里的故事也只有自己知道了,这里的人从不会去问你的肚皮里的事情的。

耿锵看着自己的老婆躺在卧室的地毯上,一上一下地做着仰卧起坐,肚子上的赘肉一收一缩。减肥就好像在广州挣钱一样,瘦了胖,胖了瘦,钱挣了花,花了挣;又更像人呼吸的动作,呼了吸,吸了呼,是比任何事物都要快速的新陈代谢。

嘶嘶嘶,嘶嘶嘶……

这是耿锵熟悉的声音,高压锅在厨房孤单地喷出气来引起人的关注。这声音在耿锵听来并没有一些家居的温暖,反倒带来了一些烦躁。

"去,看看,我,煲了冬瓜排骨汤……"老婆气喘吁吁地说,还没有完成的仰卧起坐使她满脸涨红,像老家冬天里的冻柿子,扁扁,圆圆,红红。

"哎呀,够了,做不做都是一个样,肥死拉倒。"耿锵很不耐烦有人在他看树的时候打搅,事实上,几乎每次耿锵看树的时候都会被老婆这样那样的事打搅。他终于耐不住了。

那边没有动静,似乎被耿锵的异样震住了。他耿锵是什么?他耿锵是从不跟老婆脸红的,是个只拿大主意不顾小细节的好男人啊。

半响,那边的声音从耿锵背后响起,很近,气息已经挨近耿锵。

耿锵觉得脖子热热的,还带着响声。

"你什么意思,你这是嫌我肥,嫌我丑,嫌我老?"

不出耿锵所料,女人快到四十的时候,蚂蚁也变成了大象。这就是耿锵平时不爱跟老婆争论的原因。两个人在同一屋檐下没有争论,是因为逃避,逃避就说明忍耐,忍耐就总会有爆发的一天,像厨房里的高压锅,在沸点的时候,还不断加热,里边干了,就爆炸出来了。耿锵就是那只嘶嘶嘶发出信号的高压锅。

"你要不肥你犯得着那么折腾?"

"我折腾？啊，你，你倒是说说看，我，折腾，是为了谁？还，不是为了让你，看着好，看着顺眼？是啊，哈，反正，你横竖看，看我不顺眼，我他妈，他妈，折腾干吗？"因为消耗太多氧气，老婆说话已经失去流利。

耿锵不吭声。女人像一头牛，红着眼，红布掀开了，就要用角乱撞。

老婆一直在为耿锵那两句石破天惊的话闹着，闹着就逐渐调整了体力。

呼吸正常了。

耿锵走到厨房看那煲冬瓜排骨汤，这是他们耿家的例汤——高压锅压冬瓜排骨汤。

"耿锵，你可是从来只说我有点胖，从没有说我肥的啊！"喝汤的时候，蔡晴平静地看着耿锵说。

耿锵嚼着一根软骨，用汤勺在清清的汤里舀过来舀过去。

在耿锵和蔡晴共同的老家里，胖这个词是用来形容人的，肥却是用来形容动物的，譬如猪这类的动物。

耿锵几乎忘记了，因为在广州这个城市的语言里，肥胖是从不分家的，人也是肥，猪也是肥。

"好了，好了，别咬文嚼字了。要算起来，你这锅汤也不能说煲，只能说是煮，又不是不知道这里的人煲汤，那是要把砂锅放在慢火上熬上四五小时的，你这半小时的汤，那也能叫煲？"

"你……"

看到老婆气结，一头大象眼看又要窜到饭厅里来了。耿锵立即噤声，息事宁人地把汤喝得响响的，欢欢的。

耿锵知道，他老婆最喜欢看到他这副样子，能把煮得很粗糙的近乎难吃的菜吃成了龙肉。

广州有什么好？每逢耿锵反问那些羡慕他在广州的老家人时，他们最起码都会说——吃在广州啊。当然并不是指在广州吃他老婆烧的菜，是广州那些三百六十五天天天都那么旺的酒楼食肆的菜。想到菜，耿锵还想对他老婆举例说，除了煲汤和煮汤的区别，广州的"一碟菜"和"一条菜"也是风马牛不相及的意思，前者是饭桌上能攥起来吃的菜，后者是躺在床上用来吃的女人。

当然耿锵没有举后面的这个例子。凡是涉及女人的话题，在快四十岁的女人面前都最好扮无知。

实习老婆

乐宜很快当上了一个实习老婆。

下班后就回家买菜，从菜场隔几天拎一束百合，约摸着花开了，耿锵就过来喝汤了。乐宜每次都给耿锵煲不同的汤喝，虽然不同，她照样不忘记在每种汤里放下一把薏米。

耿锵说，吃爱吃的菜，做爱做的事。

每周几乎是一个固定的时间，下了班，他们都在重复着这些吃菜、做爱的事情。"小妇人"，耿锵经常这样唤她，乐宜听了蛮得意的，她甚至觉得耿锵已经完全不可以离开她了，是啊，他有什么理由离开她呢？她管住了他的胃，也管住了他的心。

那么自己呢？

自己会不会有一天离开耿锵呢？耿锵也问过她。她真的没有想过，她是那种对自己没有长远打算的女人，她实在缺乏对未来想象的能力，她在多宝路住了二十五年也没想到自己会离开多宝路并且成为一个别人的男人的女人，成为电视剧里有一阵经常演的角色，刚开始遭人唾弃，后来逐渐接受，最后带着同情，无可厚非却无能为力，现在干脆就不再讨论这个伦理问题了，菜照吃，爱照做。城市这么宽，为他们两个开了一扇窗一扇门，只要还愿住下去就住下去，哪天想起要退房了，就搬开。不像多宝路，出出入入背靠背，多一人少一人总是势不两立般。

"到时再说。"乐宜淡淡地回答耿锵的问题，就好像一个房东问一个住客要住多久，住客没底地敷衍着。她看得出来，耿锵很喜欢她这样敷衍，这种没有结果的事情，当然是过得一时算一时，难得女人浅淡。

总之是住不久的。

乐宜一个人在商场逛。

二楼是男装部，这是乐宜从不光顾的一层，这一天在电梯的拐角处人特别拥挤，好像是一个名牌在促销。乐宜经过的时候瞄了一眼，正准备要走开，一个女人拿着两件衬衣拉了乐宜一下，问她，唉，小姐帮我参考一下，这两种颜色哪种好看？乐宜停住了，女人跟自己差不多年轻，拿着一件蓝灰色一件墨绿色，有些惆怅地在乐宜面前扬起来。乐宜指了指墨绿色，说，这件好，那件像做保险的穿的。女人醍醐灌顶般笑了，有个小酒窝，很甜蜜地向乐宜道谢。

离开那个女人，乐宜就鬼使神差地逛起了男装部，并且鬼使神差地为耿锵买了一件冰丝的 T 恤，宝蓝色的。付款后，服务小姐给她装盒子的时候，积极地告诉她，放进洗衣机洗的时候，一定要用洗衣袋装起来。为什么？这样就不会被你的那些文胸扣之类的东西钩出丝啊。乐宜心里笑一笑。脸上照样平淡地向小姐道谢。

商场放着轻柔的 Blues，香水已经到了尾声，乐宜有逃离的迫切，逃到另外一种肌肤里边去，逃到另外一种温度里边去。

薏米在汤里翻腾，白色的没有止境地翻滚着，然后使劲地要沉到底，沉到看不到空气，看不到水分的底部。

离开了商场。她给耿锵发了个短信，她希望他来陪她，在这个他应该陪老婆的周末，她不识相地要他离开她来陪她，没有别的意思，只是，她想他了。乐宜从来不干这些犯规的事情，这两年多来，乐宜和耿锵心照不宣地遵守着这样的规则，节假日互不联系，电话和短信都不可以。

当然，乐宜的短信是发向了宇宙。

当香水已经荡然无存的时候，乐宜重新给自己喷了一点三宅一生，换了另外一套衣服。她给妈子打了个电话，妈子拿起终年摆在五斗柜上的电话，接电话前总是先长长叹一口气，扯扯衣角。这些，乐宜几乎在等待电话被妈子拿起的时间里都能想象得到。

约妈子出外面吃饭却是头一回。妈子说今天自己眼皮跳了一下，就知道有牙祭可打了。乐宜听到电话那边窸窸窣窣的声音，一定是妈子的香云纱碰到电话线了。

妈子说到东山酒家吃吧，那里的下午茶茶位免费。

乐宜相信妈子对东山酒家一定像她对耿锵一样，当然这样的比喻不恰当，但实质上是一样的。开始是习惯，后来就吃出感情了。自从豆子去世以后，妈子每周都会去一次东山酒家喝下午茶，从多宝路转两趟公共汽车到东山，说是方便顺路那绝对是假的，或许妈子图的就是那种转弯抹角，妈子说一块钱可以从起点坐到终点，有那么便宜的游车河吗？所以她就花两块钱从两个起点坐到两个终点。什么河都游完了。东山酒家的老服务员都会在妈子来喝下午茶的那个下午把一个固定的位置留给妈子，反正客少，举手之劳。乐宜对耿锵也是那样，每个周四晚上，在家里多摆双筷，留个位子给耿锵，消磨掉一个追本港台粤语长片的夜晚。习惯和感情就像是上唇和下唇，不动的时候声色全无，稍微一动，谁也离不了谁。

她和耿锵，谁是上唇？谁是下唇？

乐宜终于明白妈子为什么要山长水远地来东山酒家喝一趟下午茶了，跟公共汽车无关，跟免费茶位无关。

当乐宜和妈子坐定，还没上茶，就听到在龙凤桌那边传来了一声声清唱的粤剧女声。没有伴奏，没有和音，声音就穿过了茶客的声音和杯盏碰撞的声音成了一枝独秀。乐宜望过龙凤桌那边，就看到一个高瘦的女人独自坐在一张桌边，由于桌子摆在高出的一个台级上，所以只要朝那个方向看，都能看到这个女人。奇怪的是居然没有什么人看过去，推着烧卖拉肠的车仔照样穿来往去，咨客照样带着熟客掠过这个女人，加水换碟的服务生无精打采地发呆。没有人为这个坐在桌边唱粤剧的女人精神一振，除了乐宜。

"次次她都在这里唱的啦，没什么奇怪的。"

"她专门来这里唱？免费？"

"当然免费啦，唱得那么死难听，还要给钱？不收她钱就偷笑了！"妈子熟练地转着杯碟在洗。

"为什么在这里唱？"乐宜目不转睛地看着那个远处的女人，那个女人目不转睛地看着某一个地方，不知道那个地方有着什么。

"不在这里唱在哪里唱？这里才给她这么大声唱啊，叫她去什么湘菜馆、东北人家这些地方唱，早不被轰出来才怪！"妈子什么时候懂得那么多菜馆名字？这些都是耿锵经常带她出入的饭店，那个东北人家，上一个红烧鱼由一群人端进来，像进贡一样隆重，把鱼放到桌上就集体拍着手用东北话大声喊着些祝福的话。耿锵最喜欢点这道菜，他说够气派够热闹，每次乐宜都听出了一地的鸡皮疙瘩，不知道有什么好听的。确实是，如果这个唱粤剧的女人坐在东北人家，大声地唱着大戏，马上就被当神经病赶出去了。

"她真是有神经病的，听人说，她从小在西关被嫁到东山当童养媳，等到那个男的长大识性以后，好日子要来了，谁知男人却离家出走，听说跟一个湖南妹跑了。没子没女，连女人都还没做成。每天就穿成这个样子到茶楼来唱粤剧。你看出她多老？"

乐宜看不太清楚，听声音的气息，一定有些岁数了。

"七十有多啦！"

乐宜吓了一跳，那个穿着一身火红的旗袍的女人，居然七十多岁了。

"所以说，西关的女人就是与众不同的，连个癫婆都靓过人的。"妈子得意。

女人的粤剧实在唱得不好，歌词却记得准准的，翻来覆去唱那两段：《紫钗记》《女驸马》。乐宜本来就不喜欢粤剧，声音拉得长长的，好像老是被人欠了十万八千一样。

后来那个女人端起了她的茶杯碗具走下了龙凤台，目中无人地朝乐宜的方向走过来。

乐宜竟然心跳。妈子若无其事地嚼着那笼刚上的凤爪。

女人高挑儿的身材很袅娜地移步过来，乐宜终于看清楚了她的脸，铺了厚厚的白粉，化了浓浓的妆，鬓角还插了一朵紫红色的珠花。每走一步，乐宜都被她襟角下挂的一张丝绸花手帕一摇一晃地吸引着。

女人走过了乐宜，闻得出一股廉价的香水味。

女人把茶具放在了正对着乐宜的一张圆桌上，那张桌上原先就坐着三个男人。

"不介意搭台吧？"女人开口问那几个男人，也是字正腔圆的刻意。

男人们相觑着，女人已经坐稳了。正了正旗袍的领，端起茶杯优雅地呷了一口，那样口红就留在了杯子上，淡淡的一圈，只有乐宜这么近才看到。

女人坐定就不再唱粤剧了，她把手帕取下来，托着腮，侧着头去听那三个男人说话，很仔细地安静地听着，脸上因为始终带着笑容，皱纹就特别深，透过白粉勾勒出来的皱纹特别地张扬。

男人刚开始有些不舒服，后来就当她是透明了。

"真是个花痴，前世没见过男人啊！"妈子无奈地摇头。

女人的眼睛偶尔看过来，却像是一点也没有看到乐宜和妈子，乐宜的心里升起一阵酸，是被女人苍老的脸孔引起的一阵酸。

"做女人啊，就要做正常的女人，人有我有。不好学阿茂做饼，没样就整那样。"妈子趁机唠叨。

阿茂是乐宜从小听大的一个人物，是民间传说里的一个傻仔，几乎所有教育小孩学精乖的故事主人公都叫阿茂。比如说，阿茂曾经在父母出门几天回来后被饿死了，挂在他胸口的那张大饼因为嘴巴够不着又懒得用手拿起来送到嘴里，活活饿死在床上，教育小孩不能懒惰。比如说，阿茂向人推销产品，有三样，一是火车拐弯灯，二是飞机倒后镜，三是宇宙扩音器，谁会买呢？全是些无中生有的垃圾，教育小孩要脚踏实地做事情……诸如此类有教育意义的幽默故事，多宝路的小孩从小听到大。

乐宜噤声，妈子仿佛知道了自己的处境。

"妈子，那女人其实可以找第二个男人。"

"唉，有的事情，是很难返转头的了。你那个死鬼豆子怎么对我不好，我都不会离开他。"妈子又要说豆子了。

乐宜想对妈子说，豆子其实已经很好了，只不过爱偷看四川婆而已，没别的。

"女人就是喜欢有了一样就望着另一样想要。"妈子不知是对自己说还是对乐宜说。

那个女人坐了一会，见男人都不搭理她，起身买单，摇步走出去了。那背影藏满了要说的话，那些动情的话，又全在背影里一步步移开了。

妈子还在唠叨。妈子也是比去年老了。乐宜少有地拨了拨妈子杂着白发的鬓。

"妈子，你闷不闷？"

妈子吃惊地抬头望乐宜，随后自作聪明地诡异地笑了。

"怎么，想生个孙子来陪妈子？是就趁早啊！"

乐宜嘴角牵了个笑。

几乎是第一次，乐宜有一种归属感，她和妈子是从多宝路出来的，是西关的小姐。

"记得煲多些汤水喝啊!"

妈子上了开往多宝路的公共汽车,坐在一个靠窗的位置,背包挂在胸口,紧紧地,真像抱着个宝宝,妈子害怕自己这一路那么长睡着了被人抢包。

鞋肚里的男人

耿锵不明白乐宜为什么会发那么大的脾气,这可是他的情人头一回发这么大的气,居然把整盘熏香打翻在地上,香油在卧室的地毯上顿时洞穿了一个巴掌大。

不就是衣服上钩出了丝吗?

耿锵也觉得很冤枉,是衣服肯定会被钩出丝的啊。难道是她乐宜送的衣服就成了"铁布衫"不成?再说了,又不是他故意钩出来的,他根本都不知道。怎么钩的?他当然没有告诉乐宜,他老婆把衣服从洗衣机捞出来的时候就发现被钩出了一根丝,反光的,在阳台上特别清楚。

乐宜的借题发挥令耿锵有一种熟悉的厌烦。那是平时在老婆那里经常出现的情绪。看来,女人就是不能长期相处的,无论是老婆还是情人,女人对事物厌倦的速度实际上比男人还要快,只不过女人的耐性比男人要强,可以埋藏在心里,一百年,一万年。

耿锵把香油收拾干净，他的情人正坐在沙发上赌气地用遥控器翻电视，一个音节没有结束紧接着就另外一个音节。

"好了，明天我再去买回件新的一模一样的。"耿锵对女人息事宁人实际是为了自己明天会更好。他实在不愿意花太多心思在女人身上，隔夜的怨气他耿锵是不允许的，他没有耐性和精力去摆平。

乐宜铁着脸故意不看耿锵。等到明天耿锵再去买衣服的时候，那个热情的服务员肯定又会吩咐他，一定要装在洗衣袋里才扔进洗衣机啊，为什么？那样就会防止被文胸扣钩出丝啊，于是，这个男人就会知道，是他老婆那大约是 80C 杯的乳罩把他的情人送的衣服给弄坏了。

他老婆的乳罩把他的情人给得罪了。

两个人都不说话。

上唇对下唇说，我们合而为一吧。

下唇对上唇说，我们还是分开吧。

上唇没有动，下唇也没有动。

牙齿说话了，你们该干嘛干嘛吧，我要睡觉了，盖住我。

于是上唇和下唇不得不合了起来，生气了还是那样天造地设般吻合。

过后，牙齿又说话了，其实你们可以分分合合对着一辈子啊，所有的上唇下唇都是这样对着的啊。

那是器官，天生就是一对的。

此刻平躺在窄小床上的两个人，都清楚地知道对方不是器官。男人和女人在这个城市是活动的细胞，可以相互吸引，也可以相互排斥，更多的是毫无相关，或者是先相关然后就不相关了。不像多宝路，嵌在广州的某一个神经末梢，跟这个城市有了关系，就永远有了关系。

"我要人有我有。"乐宜不自觉引用妈子的话。

"人有什么？"耿锵明知故问。

"有房子，有钞票，有老公，之类的……"乐宜裸露的手在空中划着一个个圆圈，像一个个会飞的肥皂泡，刚一脱手就滚向了耿锵，但他如何能接得住？

这是夏天的一个夜晚，屋子里当然是空调创造出来的微凉的假象。外边是什么温度，在广州生活了十多年的耿锵当然最清楚不过的了。他闭着眼睛，也做一个睡眠的假象，从眼帘里看到他的情人下了床，身上什么都没穿，依旧跟两年前初见时隔着衣服的他的想象没有什么区别，他那快一米八的身体，只要看到他的情人，穿着或者没穿，都会情不自禁地激动，带着一点呵护的激动。他想着，等她重新回到床上，他要温柔地再要她，他要她跟他一直这样，什么都有也什么都没有地永远下去。

乐宜下了床，她是要到厨房看看她的那锅汤，然后再躺回到她情人的身边,这是两年来不断重复的路程。

她经过客厅的鞋柜前,看到了两对色彩鲜艳的鸳鸯,旖旎地交颈婆娑着,甜蜜蜜。第一次发现,耿锵的皮鞋里装着鞋垫,手工纳好的,上面还绣着鸳鸯,丽影双双,泛游在鞋肚里。这是一个好妻子手下料理出来的男人。乐宜心里一阵酸涩,少见的眼泪就溢了出来。里边睡着的男人,原来是从鞋肚里游出来,偶尔在这里停泊而已。

重新回到卧室的时候,乐宜已经穿好了衣服,定定地看着眼前的几乎睡满了整张床的男人,平静地说,你该走了。

她脸上的浅淡依旧是她的情人最迷恋的地方,这个她自己也很清楚,大概多宝路的女人都如此浅淡,可是她还清楚,多宝路的女人这样浅淡地过着过着就会后悔——人有的很容易就没有了,人没有的就很容易一直有下去了。就像妈子,甚至是那个唱粤剧的女花痴。

把脚重新装回鞋肚里。

阳台上的相思树压根儿没有跟他打任何招呼就蹿到了耿锵看不到顶的高度。心里的沮丧从没如此铺张地覆盖了他。发生一些事情,决定一些事情,几乎没有任何痕迹般地,说来就来说去就去。这个城市的这些年月,他能掌控的东西除了公司那几份文件,还有什么?好好学习天天向上,一二三四五六七，多劳多得……

老婆最近已经不再努力减肥，放弃那种徒劳地对岁月的对抗，却又开始了另外一种对抗的方式，买回了一大堆瓶瓶罐罐，在脸上抹了又擦掉，擦掉了又抹上。肥胖不是人人都有的，情人也不是人人都有的，但光阴却是人人都有，也是人人都没有的。

他从来没有到过乐宜的多宝路，只是听人说过那里是一条古旧的小街，从前有名的西关小姐就出自那里，他不知道西关小姐是怎么样的，他就把乐宜想象成了旧时的西关小姐。想着想着就心旷神怡了，好像有一股柔软的风，包围着他，风的手一遍一遍地梳理着他。他曾经不止一次听乐宜提到过多宝路的穿堂风，直接的、邂逅的、柔软的、漫游的。那样的风，耿锵在遭遇乐宜之前，是没有体会过的。

再怎样沮丧都好，他明白，他的情人陈乐宜已经变成了那样一股风，直接的、邂逅的、柔软的、漫游的。

人有我有

这是乐宜的第十一次相亲，乐宜不会记错的，虽然相了十一次，但每次乐宜还是觉得相亲是件大事情，像要出台演大戏，鸣锣敲鼓，装身走台。她想，就算相一百次，都还是件大事,尤其出门前对着镜子的仔细打量,照镜子尤其重要。

这一次对方是个海员。

"虽然漂泊不定,但胜在有钱,终日在海上,绝对没有机会出去找女人,可靠啊。"说媒的人这样跟乐宜说。

终日漂泊,在海上。乐宜仿佛看到了蔚蓝色的海水和天空。

海员三十六岁,乐宜三十岁,到时间了。乐宜看看低头吃着腊味煲的对面的男人,黑而结实,手臂的肌肉还不时会跳动。

回来的路上,她对说媒的人说,我答应了。

漫天的星光,照在这个城市,这个城市却无动于衷,它已经看不到那些星光了,街灯、招牌灯、楼房灯,足够照亮它,也足够让它放心地睡一大觉,把白天睡去,把黑夜睡去。星光跟它有什么关系吗?

"为什么答应嫁给我?"结婚后海员有一次问乐宜。

"因为你是第十一个。"

"看厌了,怕拣个箩底橙?"海员不会跟她计较这些,他看上去很不喜欢花费脑汁。

"不是。到时间了。"乐宜照旧给海员盛一大海碗的汤。

"回来就是要喝老婆那啖靓汤。"海员说的,于是海员回来乐宜天天煲汤。

"不管是阿猫阿狗?"

"不管。啊,我乱说的,我喜欢走船的,天天对着个海,简单些!"

"不怕闷?我天天对着个海,你天天对着间房?"

"本身就是个很闷的人。"

……

妈子说过的,人有我有。

海员是妈子去世之后乐宜第一个相亲的对象。妈子在六十岁的时候去世的,是乳腺癌。妈子说过,做女人真的好鬼麻烦,不是子宫就是乳房。真的是这样。

妈子去世那天,乐宜忽然感到很惊慌,从来没有过的惊慌。她从肿瘤医院出来,过那条四边开岔的天桥,走到中间的时候,那些穿梭在脚下的车辆好像要碾过自己的双脚一样,而每一个路口都那么陌生,乐宜竟然找不到回家的公车,她在中间,站了很久,冷汗出了一身。

于是,她就把自己嫁给了海员,一个有鼻子有眼的人。

海员说得很对,天天对着个房间,她不闷吗?

闷的时候,乐宜就会想到她几年前的那个情人,她想到那个情人,就总会想到那一对颜色很艳丽的鸳鸯,安静地卧在鞋肚里,交颈旖旎的样子。

海员说他不需要鞋垫,整只大船就是他的脚,一直漂过去。

当然,闷的时候,乐宜也会想到海员,他的眼睛仿佛可以代替她的,海天一色,往事如烟。她想象中的海比海员看到的海要宽阔和平静,太平洋,应该是那种很太平的海洋啊。

终于有一天,海员不再出海了。海员跑不动了,中了风,天天坐在家里。乐宜除了上下班,就照顾海员。那个时候,乐宜刚好三十六岁。

他们把在结婚时买的两室一厅租了出去,搬回多宝路去了。离是离乐宜上班的地方远了许多,可是乐宜喜欢。不知什么时候,乐宜喜欢像从前妈子一样把包包挂在前胸,坐公共汽车从起点到终点,然后转车回到多宝路,这个路程几乎贯穿了广州从南到北。

有一个黄昏,乐宜下班回到多宝路,刚进窄窄的胡同,就看到远处一个人影,缓缓地向她蠕动过来。乐宜踩着青石板路渐渐走近那个影子,影子说话了——

"陈乐宜,看,我可以走路了……"

海员一个人,扶着青石墙,从大堂一直走了出来。

乐宜走上去扶他,咧开嘴笑了笑,没说话。

海员经常这样说,我还是不想会走路,我会走路了你就会离开我,找第二个了。

乐宜还是没有说话。她听到了一阵阵窸窸窣窣的声音,好像是风吹动些什么发出的声音,听了一会,她将信将疑地断定，那是风吹响的香云纱的声音，是多宝路的穿堂风弄响的。

《天涯》2003年第6期

名家点评

在生活化叙事的场域之中,往往充满着诸般物质的、世俗的、人性的考量。在黄咏梅的小说中,迥异于20世纪启蒙与革命变奏中的那种以小见大的叙事形态,其更多的是一种"以小见小",也即她的小说《多宝路的风》中所提到的,"细细粒,容易吃",无论是形状的还是形态的"细",最终通向的,并不是抽象叙事及其所映射的历史洪流,而就是"吃"本身,是胃,是身体,是涓细的琐屑的现实生活,是寻常的欲望和观念,是平凡如奇、简单细碎却值得念兹在兹的幻象、拟像与真相,这并不仅仅代表的是后现代意义上的消解,而且是当代中国小说叙事的生活性转向中不得不面对的问题,现实人性的直接反映虽非宏大却始终真切真实,同时构成1990年代以降不可或缺的生命哲学。

南方文坛杂志社 曾攀 ++++++++++++++++

创作谈

如果非要跟"北漂"找个同义词,我们会说自己是来广州"揾食"的。低到尘埃的、实实在在的,并且带有自嘲性质的。一日三餐,一二三四五六七,多劳多得,应有所得。既然是"揾食",只要能搭得上,不拘哪一张饭桌上有空位,尽管坐下来就是,不会有人在意你穿着一双浴室拖鞋,也不会有人质疑你的身世出处。

如同粤语的平实,以中音调子为主,广州人的性格和情感也处于中音阶区,人与人之间既不会一言不合即翻脸,也不会一见如故即热烈言欢,在情感的键盘上,他们弹唱的中音坚实而平稳。那些像我一样来自五湖四海被称为"新客家人"的外来者,只要生活过一段时间,也会不自觉地进入这个"中音阶区",因为那种地带的确很自在、宽松,进退皆易。来来往往,真真实实,不扮矜贵,不博同情,不论资排辈,不邀功请赏,起筷的时候起筷,转桌的时候转桌。

就像广州英年早逝的诗人东荡子写的那首诗:

> 没有人看见他和谁拥抱,把酒言欢
> 也不见他发号施令,给你盛大的承诺

待你辽阔，一片欢呼，把各路嘉宾迎接

他却独来独往，总在筵席散尽才大驾光临。

黄咏梅《来来往往的广州》
《广州文艺》2016 年第 10 期

勾肩搭背

刘嘉诚一连好多天都在白马转悠,三十出头的男人了,还像个害春的馋猫一样,急吼吼地找一个女人。白马的熟客也没问他干吗找樊花那么急,还能有什么事情?不用问都知道,樊花欠人刘嘉诚了,欠多少?他们猜肯定不会少于五位数。

一个女人欠了一个男人的钱,后果大概不会那么严重,女人嘛,嗲一嗲,电一电,男人半推半就着,也就宽限了。所以白马里的熟客也不打紧,眼看着刘嘉诚猴急的样子,还不时撩他说话,搬把椅子在档口前让刘嘉诚坐下来。更熟一些的,掏出包烟给刘嘉诚定定神,也不去问刘嘉诚到底樊花欠他多少钱。都是做生意的人,知道什么都可以谈,就是不能彼此谈钱,就算谈了,数目也不可能是真的。

刘嘉诚沉默地坐在那里,各种拿着大包小包货版的衣贩擦过他,挤过他,撞过他,他好像都没有感觉的,眼光只是扫描着人群里,男人女人,长发短发,污七八糟的各种颜色的头发在他的眼里就好像一块块抹布一样,擦着他死命睁大的眼睛,他躲都躲不过。他要找那把火红的头发,短的头发。这把头发,化成灰刘嘉诚都能认得出来。

当初刘嘉诚第一眼看到樊花的时候,不仅对那头火红的乱发反感,而且更对那头发散出来的刺鼻的洗发水味道反感,可是很快,刘嘉诚就被樊花收服了,不为什么,就因为樊花有一张甜美的嘴巴,小的嘴巴,白的牙齿,糯糯的话,如果刘嘉诚没有记错的话，生平第一次有人喊他"靓仔"，不是谁，就是这个他在人群里拼命要找的樊花。

"靓仔！"

刘嘉诚仿佛打了个激灵，是樊花？他猛然回过头，人群里一个女孩辛苦地扯着两个大蛇皮袋子，一边朝他微笑，一边逆着人流向他游过来。是那个河南女孩，他和樊花的一个老熟客之一，拿货的时候在白马认识的。自从樊花第一次喊开刘嘉诚"靓仔"后，就开始有人经常这样喊他了。仿佛是刘嘉诚遇到樊花后就立刻长好了，变得靓起来了。当然不是啦，刘嘉诚来广州以后，除了学会穿衣服，既没化妆也没整容，还是跟过去在小县城晃悠时的样子一样，眼睛小小，眉毛粗粗，鼻子挺挺，嘴巴大大，一笑，五官全都向两边散开。去年刘嘉诚回老家过年，也没有人说他长好了，只是说他——洋气了！

洋气就会靓起来啊。

樊花经常拎着衣服的货版，对那些从各个小地方来进货的衣贩说，这个款式现在香港最流行啦，穿在身上，很摩登的，洋气啊，洋气就会靓啊！你这么有眼光的人，绝对没问题的啦！

那个河南女孩好不容易挨近了他的身边，将两大袋鼓鼓囊囊的衣服一股脑儿蹾在地上，就站着等待刘嘉诚的反应。

刘嘉诚一贯的反应应该是这样的——

一边伸出长长的一只手圈住女孩的肩膀，一边咧开大大的嘴巴，让五官迅速地扩散到两边，然后说，亲爱的靓女，辛苦了！哟，怎么几天没见你又漂亮了那么多，是不是想我想的？我可想死你了，都想瘦了，这不，你看你看。接着拿起女孩的手放在自己的胳膊上、脸上掂一掂。最后，女孩肯定会很受用地笑眯眯了。

这就是"刘嘉诚式"的寒暄。

河南女孩俯下身像看个怪物似的看着矮矮地坐在那里的刘嘉诚。刘嘉诚只是朝上翻眼看了看她。女孩注意到刘嘉诚，这回是真瘦了，五官在瘦长的脸上，挤挤兑兑，怎么看怎么别扭。原来，不笑的刘嘉诚是这么，这么——丑的。

看了一会儿，她纳闷儿地重新拎起两个蛇皮袋，艰难地又从人群中游走了。她想，兴许这个"靓仔"折了钱，这折了钱的事情谁也帮不了谁，任他平时怎么亲爱的、心肝宝贝地喊别人也帮不了的，只有自己认倒霉了。等下次来的时候，事情过去了，"靓仔"的心情自然就会好了，好了又会让她吃吃"豆腐"，跟她腻一腻了。干他们这些行当的，来来往往，见面时见，分手时分，已经没有什么感觉的了，除了因为交易的缘故，套套近乎，男男女女勾个肩搭个背假假调戏一番，至于其他事情，尤其是在这幢熙熙攘攘的白马大楼之外的事情，各自都抱着"自扫门前雪"的态度，明白着呢。

　　河南女孩就走了，但刘嘉诚对她在离开他眼皮后的程序了如指掌。首先，将那两大包衣服打好包，寄存到火车站，然后就在白马斜对面的"四海"快餐店吃个快餐，剩余的时间，就到北京路或者上下九路逛一逛，给自己买些便宜又新鲜的小东西或者帮朋友完成些购物的任务，熬到晚上，在超市买瓶水两盒泡面，从存包处取出两大包衣服，硬卧上哐当哐当地睡上一天一夜，到了，回到自己的服装小店开始转手卖。资金周转得快的话，十天半月后又哐当哐当地来白马了。

　　刘嘉诚前两年就是这么哐当哐当过来的，其中的颠簸辛苦，他当然比谁都体会深刻。可辛苦归辛苦，这白马大楼一年到头，还是那么拥挤，南来北往的。冲着每件衣服的赢利，再辛苦也有人干。樊花说过，实际上这些服装一件成本不过几十块钱，一倒两倒，等到体体面面地挂在服装店里就标了个几百块了。这年头谁也舍得买漂亮衣服穿了，粮食不重要了，衣服就重要了，为什么？人都爱美啊，尤其爱面子啊，有面子办事容易啊。你看你，靓仔，穿件洋气的衣服，跟人套个近乎也容易多了，就算不看你的脸也要看你这一身打扮啊，正儿八经地穿衣服，人也不会乱来到哪去。

　　樊花是刘嘉诚的生意搭档。

刚开始的时候，樊花归樊花，刘嘉诚归刘嘉诚，大家都围着这白马大楼生活，樊花是主，在白马开一档批发店批发给衣贩；刘嘉诚是客，每次来樊花的店里批发服装回湖北的老家卖。一来二往之后，樊花和刘嘉诚就成了搭档，刘嘉诚入股扩充了樊花的档，樊花负责入货，刘嘉诚负责发货。快一年了，两个人合作愉快，赚得不少，但凡南来北往拿货的衣贩都知道白马里的这对"黄金搭档"。

对于刘嘉诚来说，樊花还是本广州地理，里边不仅有公交路线图，还有饮食介绍，好吃的、便宜的，她一概掌握。说起来樊花也不是地道的广州人，她老爸老妈都是东北人，因为年轻时工作调动到了广州，就在这里开枝散叶，他们家这棵广州大树的根是很浅的，仿佛只要有个什么风吹草动的，就立马会想着往东北投靠，这些年就更加如此了，老两口退了休，每年都往东北回，后来因为嫌火车站太混乱，索性就常住在了东北。

樊花就是这样的"混凝土儿"，血脉是外来人的血脉，水土却是广州人的水土。樊花跟那些客人说笑，人家问，樊花，樊花，你是哪儿的人？樊花就反问人家，你看我这样子，像哪儿的人？人家就对着樊花的小脸左看右看，从脸看到耳朵，上看下看，从胸部看到小腿，更有的还会凑到樊花的脸边像馋猫一样嗅着嗅着，这个时候，樊花就会咯咯地笑着将人家一把推开，推又推得拖泥带水的，推开的距离又是在双方都伸手能及的范围，那样人家就会很兴奋地说，我看出来了，你啊，是——我的人！樊花笑得更欢了，哦，才看出来啊？我以为哥哥你发财了，连你的人也不认了呢！

可以说，刘嘉诚就是这样被这个广州的樊花套上的，他当然知道樊花跟人套近乎的话，再甜再腻，也是些场面上的话，但在自己的老家却从来没人跟他说过这样好听的话，所以他头回听着就很舒服，听多了就觉得自己变得魅力无穷、高大威猛了起来，这样顺带着对白马、对广州这个城市也有了一种自尊感。于是刘嘉诚湖北和广州两个地方就跑得不亦乐乎。他不再有以前那些颠簸的心烦和无奈，每次的出发和到达都变得那么自然，甚至，每次上火车还很有心思地备了一双拖鞋，吧嗒吧嗒地串到别的旅客铺上聊天、打扑克，心安理得地把时间耗在这哐当哐当的生活里。

是的，刘嘉诚自从跟樊花成了"黄金搭档"后，生活顿时好了起来，经济上的好是最基本的收获，他已经在老家又开多了一间小服装分店，正张罗着把父母住的祖屋加高两层。额外的收获就是他变得讨人喜欢了。这收获当然是很重要的，过去在家里，刘嘉诚的父亲经常就是这样告诫他，做生意跟干农活不一样，干农活手脚勤快就丰衣足食了，做生意必须嘴巴勤快才能周转灵活。父亲是个有见识的人，曾经跟爷爷到城市里做过一阵粮食生意，只是后来因为农村包围城市越来越厉害，出城市做生意的农村人越来越多，竞争不过就回了家吃谷种，打本钱给刘嘉诚开了个服装店。刘嘉诚过去的嘴巴可不像现在那么勤快，全凭自己心里的一杆闷秤拿捏自己那点小生意，做是做得过去，但是终究不那么红火。看着刘嘉诚明显的变化，父亲知道刘嘉诚遇到贵人了，闲的时候，出到档口，会问问刘嘉诚，广州那个姑娘还好哇？刘嘉诚就会滔滔不绝地跟父亲讲樊花，刚开始是讲樊花的生意，后来就讲樊花的父母，再后来就讲樊花的红头发。反正，那个姑娘在父亲听起来就好像自己人一样，特熟、特亲。

那当然，樊花跟我，谁跟谁啊？刘嘉诚在父亲面前夸张地炫耀。他现在对谁都十分习惯用这种夸张的语气说话了。父亲很高兴，男人啊，就是要夸张啊，夸张就是底气足啊。

到底谁跟谁啊？实际上，樊花跟刘嘉诚，还不就是樊花跟刘嘉诚呗！这一点，樊花和刘嘉诚心里都跟他们那本破旧潦草的入货出货账本一样。

旁边档的那个"臭口李"，暧昧地对刘嘉诚说，"大概是她大姨妈来啦！"刘嘉诚可纳了闷儿了，就算是亲戚来了，樊花也犯不着不做生意啊？对面的阿娟听到这话马上吃吃地笑起来，一边笑一边说，臭口李，叫你作臭口李就没有错，说话可真臭啊。然后两个人都在那坏坏地笑。

看着这两个人，刘嘉诚虽然猜不出"大姨妈来了"是什么意思，但他感到那绝对是一句猥琐的话。别看刘嘉诚平日里跟那些姑娘们喜欢打情骂俏，说些风流的话，但是猥琐的话他是从来不说的。樊花说，一个大老爷们儿，穿得周周正正的样子，说那些话就好比烂芋头——好头好脸生沙虱。一段时间里，樊花几乎是一口一口地教刘嘉诚说那些腻味的话。但凡是女客户来电话订货，樊花就在刘嘉诚的对面，逐个字地用夸张的口型提示他，樊花提示一个亲爱的，刘嘉诚就懂得对对方说，亲爱的，又在干什么坏事了？我在干什么？啥都不干，就是在想你啊；樊花嘴型动动说句你想我吗，刘嘉诚就懂得对对方说，你这个人啊，当然不会想我的啦，整天有那么多靓仔围着；如果遇到对方是个够分量的大客户，樊花就会说礼物，然后刘嘉诚就懂得对对方说，哎呀，我一直都惦记着你啊，还给你买了份礼物留着，你不来啊，我可就要亲自送过去了啊……类似这样的套话，好像都有公式似的，刘嘉诚都基本上照说，说着说着，自己就开始即兴创作了。

说到底甜言蜜语这玩意，基本上是给男人玩的，刘嘉诚没多久就玩得顺顺溜溜了。

记得有一次，正好刘嘉诚在广州这边，晚上要收档了，樊花的父母打电话祝她生日快乐，又问樊花今晚有什么节目。

樊花说没有啊,收档了吃个甜品回家睡觉,明天要到虎门。听那边说话时,樊花用眼睛瞟了一眼对面的刘嘉诚,一点不正经地回答那边,我有我有的,只是太多了不知道找谁来陪过生日,这么老了,男人还会没有?

樊花挂了电话后,刘嘉诚对樊花说那我就帮你庆祝生日吧。樊花说,有什么好庆祝的?巴不得我老吧?刘嘉诚嘻嘻笑着过去揽住樊花的肩,为什么?难道你老了就肯嫁给我?樊花死命地推开刘嘉诚,推得老远,呸,还没喊到你的号吧?小小年纪就懂得捅队?

也就是在那个晚上,刘嘉诚才知道樊花真实的年龄,二十八岁,比自己还小四岁呢。他们在白马对面的一间西餐厅里吃点心,还要了啤酒。当服务员点上蜡烛的时候,刘嘉诚好像忽然换了个人似的,一本正经地盯着樊花的眼睛,那双亮亮的眼睛,说,你知道吗?在我四岁的时候,有一天傍晚,我在山坡上放牛,忽然看到天边有一个金色的小人飘过,就那么一下子,一下子就消失了,我傻了老半天以为什么神仙来找我了,到今天我才终于知道了,原来那就是——你出生了啊。

穿过蜡烛,樊花被刘嘉诚深情的眼光直直地盯着,同时好像也被他那席话钉在了位置上。停了几十秒钟,刘嘉诚忽然扑哧一声笑了出来,蜡烛被他的笑声笑歪了,樊花的目光也在瞬间荡开了。

怎么样？够情圣的吧？刘嘉诚恢复了以往的嘻笑。

就你这小把式就能叫情圣了？老姐我可是见滥了，一边待着去吧。樊花在烛光的那边重新捻起点心顶部那颗小小的樱桃，大口大口夸张地跟她的话一起咀嚼了起来。

后来很多次刘嘉诚见了女孩就喜欢用这个招式。樊花每次都在旁边看着女孩被哄得几乎笑倒在他怀里。刘嘉诚说这是他的原创，有版权的。

刘嘉诚是"青出于蓝而胜于蓝"，这一点樊花自己嘴上不说，心里是承认的，她很快把一些重要的大客，当然主要是女的，"移交"给了刘嘉诚。拿刘嘉诚的话来说就是"交叉感染"，男的感染女的，女的感染男的。樊花经常对他又好笑又气。

或许是一连几个晚上睡得不好的缘故，刘嘉诚觉得很憋闷，白马的铺位满满当当的，只靠一个中央空调帮助几百号人呼吸，现在是秋天，冷气暖气都不开放，只是开了抽风，抽来抽去，还不都是自己刚才呼吸过的废气循环？这里边的人，那么辛苦就为一堆衣服、几张钞票在这里呼吸废气，真是自作自受。好像整个白马都欠了他刘嘉诚一样，他愤愤地走出了这座五层的大楼。白马对面就是广州的火车站，那里一年四季，一天二十四小时，好像都堆满了人，既有正儿八经的乘客，也有很多不怀好意寻找"机会"的歹人。依靠在天桥的护栏上，对着那个大钟，刘嘉诚还是难以呼吸掉自己的愤愤，操！更好像整个广州都欠了他似的。

站了半天他也不知道应该到哪去，只好回到杨未来的档口。二楼的杨未来是白马里跟樊花玩得最好的一个，其实说杨未来跟樊花玩得好，不外乎就是平时一起约着到虎门进进货，晚饭约着到快餐店一起吃吃快餐，甚至是歇档的时候约着到街上逛逛什么的，可要杨未来帮忙找到樊花，她也不知道上哪儿找，她连她家在哪都不清楚呢。樊花的手机一直是关闭状态，秘书留言台也停掉了，这样，在这个世界上，也许就只有樊花的爹娘才能找到她了。

"刘嘉诚，你是不是做了什么对不起樊花的事？"杨未来终于眨巴着眼睛问刘嘉诚。那眼睛眨巴着，仿佛是知道一些什么事情。

刘嘉诚好像听出了些苗头，立刻用双手圈住杨未来的肩膀，眼睛死死地盯着她的眼睛，装作像往常一样热情地说，未来，我的心肝宝贝，你就不要折磨我了，樊花她人呢？你知道我有多么急吗？

杨未来像打了个冷颤的样子，做出一个呕吐的表情，将刘嘉诚的手拍开了。

只是杨未来比别人知道的事情确实多一些。

那个笑靥如花、妙语连珠的樊花，个头不高力气却很大，到虎门进货，就属她拎的货最大包，她说，来一趟是一趟，不好浪费了。

杨未来觉得整栋白马里，樊花最有品位，不管是进的衣服还是她自己穿的衣服都很有风格。白马这里的女人，做的服装生意基本都是些大路货，自己也就胡乱地从货版里拿起一件就套在身上，把自己也套成了大路货。可樊花却不一样。樊花的衣服虽然不多，但一件一件都是名牌。樊花曾经跟杨未来逛街的时候说过，穷死也不要穿那么廉价的货呢，穿上便宜货自己不也就变得便宜起来了？男人啊，就是不要便宜的。

樊花曾经就这么便宜过给一个男人。

两年前，樊花死心塌地地爱上过一个"体制内"的职员。要知道，像白马这里边的女人，能找得上个捧着"铁饭碗"生活的男人，实在是幸运。即便男人在小单位里小职位上拿的薪水远远比自己挣得低，但是她们当然愿意依靠个稳当的后方，说不好哪天这白马倒了，没人爱穿这里的衣服了，也好有个靠停的地方啊。所以，这里的年轻女人除了积极攒钱就是积极找个"体制内"的男人。

樊花花了很多钱在那小职员身上，除了买很好看很体面的衣服打扮他，还经常拿着好东西上门讨好未来公婆，"倒贴，他也不要啊！"这是樊花的原话。樊花跟那个小职员睡了，每次睡都是樊花带上进口的避孕套去的。眼看着两人到谈婚论嫁的阶段了，有一天中午，没有客人，樊花下杨未来的档口聊天，无意间瞅到杨未来用来垫盒饭的当天报纸，中缝的地方，有个没有被菜汁淹没的一小块，特别干净，看了看，樊花就没声息了，愣了半天，杨未来走过去拿那小块来看，那上面登着一则征婚启事：

陈某，男，31岁，某机关职员，相貌端正，品行正派，有单位房三室一厅，欲觅品貌双修，有固定收入的温柔女性为伴。有意者请联系手机：138XXXXXXXX，面谈。

像核对六合彩号码一样，樊花拿起那个手机号码，对了一遍又一遍。最后，实在不肯相信，就求杨未来帮她打这个电话号码。

杨未来没有帮樊花打那个电话，不知道为什么，她就是害怕，也说不上害怕些什么，反正是没有打电话。

结果，樊花就一个人，除了到虎门进货，其他时间都一个人晚上待在铺里吃盒饭，喝送上门卖的海带绿豆糖水。生意倒做得特别火热。杨未来调侃说她是情场失意，商场得意，她笑了笑说，谁说的，钱就是我老公啊，天天抱着我睡！

"刘嘉诚，你老实说，是不是跟樊花那个那个什么了？"杨未来认真问。

刘嘉诚忽然觉得从来没有的尴尬，"那个那个什么"，这些调戏的话，要当起真来问问，却是那么难应付。三十二岁了，要让人家相信自己不会跟女人"那个那个什么"，死都不能够的，这好比是做生意的场一样，必须撑起来的，都是男人的场。他们经常拿刘嘉诚说笑话，说刘嘉诚只要不是在白马就是在石牌村，不是在石牌村就是在去石牌村的路上。刘嘉诚总笑着不说话，任由他们讲，不否认也不承认。三十二岁的男人，纯洁就等于谦虚，谦虚就等于虚伪，这些事情虚伪了，就不好玩了。

再说了，石牌村他当然去过的了。认识樊花之前去过，认识樊花之后也去过。只是有一次他没事又到石牌村逛，旅馆附近的那些女人不断向他暗示，当他准备上去跟一个长得还不错的女人搭讪的时候，忽然看到一个男人在前边揽着一个女人的肩膀，有说有笑，那女的半真半假地生气着拿手肘去撞那男人的肋骨，从后面看那女人的身材和背影，像极了樊花。刘嘉诚心里一惊，顾不上旁边那个要来拉他的女人，跟在他们后头走了几步，才发现那女人根本不像樊花。虽然确认了，但是他的心里还老觉得不舒服，从此才就再不去石牌村那种地方了。

老实讲刘嘉诚从外形上并不会喜欢樊花这款,他在家乡看上过一个女孩,是他的一个亲戚,长得很美,文静中透露一些距离出来,女孩找了个大学毕业分配回来的政府职员,每年刘嘉诚去亲戚家拜年,她都很规矩地坐在客厅里,喊刘嘉诚堂姑父,实际上女孩大概也就小刘嘉诚那么七八岁,因为是亲戚,反倒应了那句笑话——太熟,不好下手。刘嘉诚只是每年到她家看看,从她父亲那里听到些关于她结婚生小孩的消息。

当然啦,樊花也不会喜欢刘嘉诚这个型。樊花喜欢看小白脸,确切地说是喜欢比自己小的小男人。刘嘉诚很不明白樊花的这种喜好从何而来。她说,小白脸,白白嫩嫩的,多爽啊。樊花对一个经常来拿货的湖南小青年特别喜欢,每次他来,她都主动给最低的入货价给他,目不转睛地逗他,直逗得那小白脸变成了小红脸。刘嘉诚觉得那个男人根本不能叫男人,可是樊花看到他却像看到自己养的小孩一样欢喜。

至于刘嘉诚和樊花有没有"那个那个什么",这应该是一个秘密,是他们各自要带到棺材去的一个秘密。为什么?因为那在刘嘉诚和樊花的生命里,太不应该了。

真的。

事情发生了他们俩就没有再提,但是,只要两个人守档,没生意的时候，相对着，总会觉得整个白马大楼特别狭窄，狭窄得没有任何转身的可能了，连呼吸都必须节省着用了。

其实刘嘉诚跟樊花那天到虎门入货，根本没有打算要在虎门过夜的，想着就跟平时一样，早出晚归。可是那天虎门不是举行服装节吗？举行服装节他们不就买不到票回广州吗？回不了广州不是就要在虎门过夜吗？在虎门过夜不就是要在虎门睡吗？这些问题提到这里，刘嘉诚敢打包票樊花跟他的答案是绝对一致的，可是再往下问，刘嘉诚觉得可就难说了。

那么，在虎门睡为什么要跟樊花睡呢？

是啊，为什么呢？难道因为不想再和樊花搭档做生意了吗？

那天他们看了服装节的露天晚会，找了车站旁边的一间旅馆，胡乱吃些夜宵，就应该各自潦草睡去了，那样就不会有那次刻骨铭心的睡了。可是吃夜宵的时候，两人还是管不住要耍嘴皮。

刘嘉诚，你肯定经常到石牌村玩。樊花问他。

石牌村那种地方？只有你才会去啊。刘嘉诚心里一虚，想起那天下午在石牌村看到的那个女人，可那的确不是樊花啊。

紧张什么？到石牌村玩有什么稀奇的，难道你不是男人？

是男人都要到石牌村玩啊？低级！

那么说，你高级？樊花邪邪地笑着看他，满嘴是炒牛河的油星，在灯光下反着红光。

你低级？满街找小鸭？小白鸭？不知道为什么，刘嘉诚有一种挑衅。

接着两张满是油的嘴巴都停住了，只有眼睛对着眼睛。

半晌，还是刘嘉诚跟往日那样，伸过长长的手臂去圈樊花的肩膀，说，好了好了，心肝，是我满街找你，现在我终于找到你了，我们回家睡觉好不好？

不知道什么时候，那些看晚会的人们全都散光了，整个车站到处扔满了广告传单，那条写着"欢迎参观虎门国际服装节"的横幅，在一天的张扬之下，闹腾累了，终于耷拉在初秋的晚风里。这个他们一周几乎出没一次的车站广场，黑黢黢、孤单单的，令他们都感到一阵寒意。

换季了！樊花随便说了一句，用手从刘嘉诚的腋窝下穿过，够不到刘嘉诚的腰，只好紧紧地扯到了刘嘉诚背上的衣服。

两个人，像情侣一样走回了旅馆。

没有喝酒，大家都很清醒，清醒着钻进了同一张被窝。钻进被窝以后，他们就一直沉默。好像都在等待一双手，摘掉他们身上多余的东西。可是那双手，只是在彼此眼睁睁地看着的天花板上吊着，怎么伸也伸不到他们的平躺的身上。

原来，做比说要难得多了。

最后，还是刘嘉诚的手笨拙地打破了沉默。

似乎刘嘉诚所有的经验在樊花身上都是无效的，无论是石牌村的，还是他湖北老家的，甚至是那些Ａ片里的，统统无效。

樊花与其说是被动的，不如说是矜持，任由刘嘉诚摆布，像一个无知少女。

我其实，不太懂。刘嘉诚不知道自己为什么要这么讲，好像要掩饰着一些什么，就好像要在赤裸的身上拼命擦掉那些裸露出来泛青的文身。多糟糕的图案啊，在接近右胸的地方还刺着一个"忍"字，那是他刚出社会混的时候，贪好玩刺上去的，那时候多年轻啊，看别人都刺个"忍"字自己也就刺个"忍"字了。实际上，忍啥他也不清楚。这是刘嘉诚在樊花面前感到窘迫的地方。

也许喝了酒会做得不那么糟糕。过后刘嘉诚一直是这样反省的。

但是刘嘉诚就是想死也想不明白自己为什么要说自己不太懂，更加想不明白樊花为什么装得像个无知少女一样。

他觉得真他妈的莫名其妙。所以第二天一大早，他们两个就拎着几大包衣服回广州了。樊花坐靠窗口的位置，刘嘉诚坐外边，她的脸一直朝向窗外的公路，他几乎看不到她的脸，只是当窗子上有阴影的时候,才能从玻璃上看到樊花。

你来广州的目的不是我,我在广州的目的也不是你。不知对自己说还是对刘嘉诚说,车子一颠一颠的,可这句话却那么平稳地从玻璃上的樊花的嘴里说出来。

刘嘉诚跟樊花"那个那个什么"了不久后,樊花就谈恋爱了,对方是518路车的司机,樊花上下班都乘这趟车,听说以前就认识了,只是没有好上,现在好上了。

那个518刘嘉诚也见过,干瘦干瘦的,脸尖额窄,从第一眼开始刘嘉诚就对他没有什么好感,虽然也说不上什么,总觉得这个男人不健康,身体不健康,甚至心理也不健康。大概因为每天重复那条永远不变的线路,开门关门,关门开门,乘客从他的前门上来又从后门下去了,可他还得坐在那两平方米不到的驾驶位置上,所以养得脾气大,嗓门大。518偶尔来白马的档口坐坐,跟旁边的"臭口李"聊得特别欢,因为两个人都是广州本地的,用白话聊天,在这里是比较稀少的。每次518一见"臭口李",就开始"丢那妈"个不停,这句脏话是他们的语气助词,无论说些开心事还是家常事,都要"丢"个不停。

518经常会带些好听的事情来听听,要不是在车上发生的,就是他在车头玻璃看出街市看到的,要不是交通车祸惨案,就是马路抢劫追杀。他的嗓门大，一讲，整条白马C区基本都能听到。他讲那天开到广园路的时候，亲眼看到那些保安狂追三个"摩托党"，眼看着就追不上了，后来保安拿出一根像水浒里梁山好汉破连环甲马阵时用的那种钩镰枪，往摩托车的轮子一甩，就钩住了车轮，"摩托党"连人带车就摔出了好几米远。厉害啊，听说后来那些"摩托党"一直就没饭开了，很多都跑回老家或者到别的省去了，广州人，就是厉害啊。后来人家就反驳518，关什么广州人的事啊？那些保安还不是从外地来打工的？广州人谁还在这里做保安？518就傻了眼了。樊花在旁边就更加起劲地嘲笑他，掐掐他的脸说，你以为就你广州人厉害啊？518就趁机去回掐樊花的屁股，耍赖地说，你厉害，就你厉害，你的屁股更厉害！于是左右都哄笑了起来，看这小两口"耍花枪"，像很般配的一对。

樊花对518跟对那些男客户的态度也差不了多少，照样嬉笑怒嗔，推推拉拉。当然也有不同的地方，那就是518会在轮休那天，带上两个盒饭，到档口来坐，陪樊花吃饭，边吃还边翻看着樊花放在抽屉里的那本破烂的出入货账本。只有这个时候，518才显得跟那些人不一样，是个自己人。"米饭班主"，"臭口李"在樊花面前都这样称呼518，樊花也总是笑嘻嘻地说，什么"米饭班主"，八字还没一撇呢，再说了，他又有什么本事养我？赚那点湿碎钱。"臭口李"就会讨好地说，不要在这里"晒命"了，怎么讲也是有份固定收入，三餐不用挨啊。樊花就会笑着扬扬那两根拔得很细的眉毛。

刘嘉诚最不舒服518的地方就是他喜欢翻看那本账本，陷在一堆衣服里边，舒服地靠在那里，像看小人书一样有味道地看那本账本。虽然说，这本账本根本不能说明什么，既算不出刘嘉诚和樊花的支出，也算不出刘嘉诚和樊花的收入，只是登记了衣服的型号、颜色、数量，但是，刘嘉诚就是不舒服，总觉得这个518老在那算计着他和樊花，当然了，主要是算计樊花。可是因为樊花从不介意518翻账本，他刘嘉诚也就没理由不给518看了。所以，几乎是518到档口坐久一些，他就要找个抽烟的借口到别的档口串门。

樊花一边跟518谈恋爱，一边还跟刘嘉诚搭档，当然还继续跟刘嘉诚耍嘴皮。至于那个晚上的事情，彼此都像失忆了一样，有的时候，刘嘉诚都会佩服起这个比自己小四岁的女人来，高手，她还是有很多值得学习的地方啊。他想起那天晚上，樊花跟他在同一张被窝里，像个少女一样矜持的样子，真是觉得很虚伪。他有时候也会想，不知道她跟518一起睡的时候，也是那个无知少女的样子吗？难道她认为男人都喜欢女人在被窝里这个样子吗？无论是什么样的女人？这样想着想着，他就会产生一种懊恼的情绪，还不如去石牌村。

然而，樊花跟518的恋爱，持续了大概不到四个月，518

就不再出现在白马了，当然，主要是因为518也不再出现在518路车上了。

那是一个夏天的中午，广州出奇地热，地面温度接近四十摄氏度，518照样开着他的518在各个站点停停靠靠。由于乘客稀少，518懒得去摁报站的键，一个男乘客错过了自己要下的站，站在驾驶位置后，用很脏的话骂518。刚开始518没有吭气，因为自己实在理亏，就由得他骂，谁知男人越骂越过瘾，骂得大汗淋漓，当然主要是骂518的父母祖宗辈。男人要下站的时候，518实在忍不住也回骂了起来，车停在路中间，两个人脸红了，脖子粗了。别看518瘦精精，凶起来的样子也够吓人，乘客们沉默地看着他们，偶尔有些息事宁人的声音，也是几个老太太们低声的埋怨。眼看着就要动手，刚好另外一辆518经过，两辆518平行停在六车道的马路上，后边一下子就积蓄了一连串的车辆，排头几辆知情的拼命摁喇叭，吵嚷声几乎遮盖了518和那个男人的争吵。518的同事冲到窗口喝停了518，518才把后门打开，让男人骂骂咧咧地下了车。窝着一肚子热火的518必须继续完成他的站点，把车开得异常凶猛，乘客把心都提到了嗓子眼儿上，抓紧扶手，期待着自己的目的地早早到达。可是，偏偏就在还剩下三站到达终点的时候，一个男青年兴冲冲地上车了，一上车就用屁股对准收票的电子眼蹭来蹭去，往上蹭，听不到验票的响声，接着往下一点蹭，还是听不到，往左往右，蹭了好一会儿，就是舍不得用手把放在牛仔裤屁股袋上的磁卡拿出来照电子眼。男青年大概不到三十岁的模样，脸上暴满了红红的暗疮，牛仔裤把他有肉的屁股绷得紧紧的，在电子眼上蹭来蹭去的样子，十分滑稽，甚至还觉得暧昧。518看着他在门边上蹭来蹭去，屁股的方向朝着自己，本来就窝着的火随着这个扭摆的屁股无限燃烧，二话不说"咻"地站起来，迅速冲出座位，用脚朝那个男青年的屁股狠狠地踹了一脚。

一个男司机和一个男乘客，在炎热的夏天的中午，在密实的518公共汽车上，殴打起来，无人劝架，就跟无人售票一样。等到交警赶到的时候，518的头已经破了，而那个男乘客已开始昏厥，伤得比518重多了。

处理518的时候，问他为什么打乘客，他没说什么，只是反复强调说，这个男人用屁股糟蹋自己吃饭的家伙。警察说，这根本不是打架的理由嘛。没有人理会518，判了一年。

518不再有开公车的资格，当然也不再有来找樊花的资格。当樊花知道518已经下岗，她几乎是迅速地离开了他，她这辆公共汽车又被迫离开了518这个站点，被迫地往前开，开着开着，就觉得路越来越窄，越来越窄，她不知道哪一天，又能在哪个站点停靠一会儿。

离开518的樊花看上去没有什么改变，旁边档的人都说，那么短命的一场恋爱能有什么？于是还照旧在樊花面前搬回过去518的话来说笑，就好像518只是这里曾经的一个熟客，现在不做了，而樊花每到这种时候，好像也没有什么，随他们取笑随他们不断地回想说518怎样怎样，518说过什么什么之类的。

只是，樊花留在档口的时间开始减少，拼了命地到虎门，颠颠簸簸地每次扛回几大包，拼了命地找客户推销，还到处钻来钻去开拓新的客源，最近还跟广州的一些宾馆、演出公司等接洽上了批发服装。反正，樊花眼下、手上、心里最重要的就是钱。她曾经对刘嘉诚说她现在比较喜欢收现金，如果可能的话，她想把一叠一叠的钱铺成席梦思，睡在上面，一定会发美梦。刘嘉诚笑她是个守财奴，哪天失火了他不知道是救钱还是救她。樊花就说，谁要你救啊，就睡在上面跟钱一块烧死拉倒吧。

如果樊花再找不着，刘嘉诚是不是要报到警察局？

倒不是刘嘉诚觉得樊花会有什么意外，半个月了，樊花失踪了半个月了，可是刘嘉诚压根儿就没想过樊花会遭到什么不测，比如被强奸、被劫杀之类的，刘嘉诚统统没有去设想，他更多地想到，樊花大概被人骗光了钱，没法回来跟他交代，也不知道用什么退股给刘嘉诚。

刘嘉诚倒是经常地回忆跟樊花的最末一次见面的情况，以给自己提供些寻找的端倪。

他和樊花吵架了。

那天刘嘉诚跟樊花从虎门进货回来，天色已接近黄昏，走到一半路程的时候，樊花的手机响了，一接电话，原本疲惫得昏昏欲睡的樊花就忽然来了劲。

啊，哪位？哦，李总啊，怎样？有什么关照吗？想我？是不是啊？你们这些大人物还能想到小妹？我？想啊，想有什么用啊？难道我们这些小人物还敢去找你吗？

刘嘉诚坐在樊花的身边，听着樊花一贯腻味的甜言蜜语，不知道这一次为什么，心里就冒出了一股气，没名没分的气，在这辆坐满了乘客的中巴上，这股气越来越升腾。中巴上的电视机演一部港片，是刘嘉诚在中巴上看了好多次的，叫什么《千王之王》的，小屏幕上的那个香港笑星周星驰夸张的动作和语气在刘嘉诚看来简直就是个小丑，这些语气和动作更增加了他心里的气压。

什么？要找女接待？开张剪彩？我行吗？樊花还在那里跟那个什么李总腻味，红色的短发下，一张脸蛋，眉飞色舞的样子。

三围？我的三围是……

樊花的话还没说完，手机就被身边的刘嘉诚一把抢了过去。

去你妈个逼！你个傻逼！刘嘉诚对着手机那边狂吼了几句，接着把手机往车窗外一扔了事。

樊花被刘嘉诚突然的举动吓呆了。没吭声，只是那眼睛大大地，近近地瞪着刘嘉诚。

你他妈给我放老实点！刘嘉诚只朝樊花莫名其妙地交代了这句话，就把头靠在靠椅上，闭上了眼睛，睡觉，任由樊花在他的眼睑外边，由她闹。

可是樊花没有闹，就一直安静地坐在刘嘉诚旁边的座位上，一直等到中巴到中途一个惯例要去的加油站加油，乘客小便的时候，樊花扯起自己随身带的包就跑了。

中巴等了好一会儿，樊花还是没有回来。一车的乘客已经等不耐烦了，七嘴八舌地朝司机抗议，司机无奈发动了引擎，还回头来问刘嘉诚，那个女的是不是不走了？

刘嘉诚不知道怎么回答。就连他自己也不知道樊花在搞什么鬼，究竟她会去哪。他不担心她会迷路或者说出什么事，只是觉得她不应该什么也不说就走掉了，害他一个人在这里被乘客集体抗议。

她不走了，开车吧。刘嘉诚只好顺应着司机的提问回答。

刘嘉诚蹲在白马的档口，像这些天那样在人群里等待樊花。忽然看到一个女的，背向着他，红色的短发，瘦瘦的弹力花裤，紧身的黑色T恤，她的旁边是一个大胖男人，大胖男人不时用手去扶她的脊背，脊背上的两块肩骨随着女人的笑，明显而夸张地上下耸动，耸动。那两块骨好像是朝刘嘉诚耸动地笑着。

——樊花！

刘嘉诚觉得自己喊了出来。

没有人应答。那两块骨头还在跟刘嘉诚套近乎。

刘嘉诚要找的那个樊花，就好像他刚才喊出来的那一声一样，一出口，就掉落在了白马熙熙攘攘的人群里，找不着了。

《人民文学》2004年第6期

名家点评

与那些一开始就卓尔不群的表情不同，黄咏梅笔下还出现了另外一些面孔。他们平日里似乎与这个时代的主旋律贴合得亲密无间，却往往在不经意间露出深层的破绽。《勾肩搭背》就写了两个与资本时代"勾肩搭背"的人：刘嘉诚与樊花在批发服装的谋生之路上，经过商场"战火"的洗礼，早已练就了一身打情骂俏拉拢客户的营销之路；可当二人之间突然滋生出真挚的情愫时，却又像"无知少女"一样不知所措了。而这种进一步的关系，非但没能修成正果，反而让两个人无法继续相处——因为他们已无法忍受彼此再与不相干的人虚与委蛇。从"勾肩搭背"到"牵手连心"，看似轻易自然，却终究无法跨越，荒唐逻辑的背后是艰辛的生存带给我们的内心创伤。那些虚假笑脸背后偶一为之的真情流露，令我们动容，也令我们心酸。

北京师范大学文学院　张柠
中国作家协会创作研究部　李壮

创作谈

《草暖》这个短篇写于 2004 年,是我由 2002 年开始的小说生涯中的第五个短篇。在我的心里,这不是一个短篇,而是一个人。

这个世界上,知道得越多,谜团就越多,纵使如此,我依旧觉得人的潜意识是最大的谜团。《草暖》这个小说发表之后,并没有像我写过的那些小说那样离开了我。我在《南方都市报》写评论专栏的时候,好几年来,一直沿用"草暖"这个笔名。直到我迁居杭州,离开了广州。

"草暖"这个词,其实是位于广州火车站边的一个街心公园的名字。记得当年我从大学毕业到广州工作,一下车站,看到的就是这个"草暖公园"。这个名字是多么富有诗意啊,相比这个乌泱乌泱的大城市,这个乌泱乌泱的火车站,这个虽然不大的公园,却显得如此格格不入。如同那个刚从校园毕业仍怀着诗意进入这个物质之城的我,也是如此格格不入。在广州生活几年后,我开始学写小说,就想着要用"草暖"这个词作人名。出于对当初那种格格不入的纪念,还是出于对这个名词强烈的南方意味的珍视,至今不得而知。但是,反讽的是,我的那种格格不入的感受,一旦落到"草暖"这个人的身上,却变成了巨大的想要融入这个地方的意欲。"草暖"这个人,"不漂亮、不刻薄、不显摆",没有过多的甚至可以说是没有自我,她唯一的愿望就是跟随着飞黄腾达的丈夫王明白,过着安逸、安全的家庭生活,她是很多女权主义者所鄙夷的"附着物"。事实上,在我身边,生活着很多这样的女性,她们持家有方,以丈夫儿女为轴心,她们满足于这样的生存智慧。当时,在她们眼里,像我这样一个三十岁仍不结婚生子,抱着文学理想不放的女人,才是格格不入的。我不清楚,当时写这个女人的时候,到底自己是要哪样。潜意识里,是想要做"草暖"这样的女人?还是提醒自己不要做这样的女人?十年之后,我已为人妻,重新看这个短篇,我已经能理解"草暖"的那种不安和隐恐,同时,也能理解当年的自己,是怀着怎样的纠结去写的。这是她的天性和弱点,同时也是上天赋予她好命运的理由,因为,她的愿望如此单纯和美好。

再也没有如此单纯美好的愿望了。就像那个"草暖公园",这篇小说发出来两年后,它就被夷平了,如今,那个地方起了高大的建筑物。对于"草暖"这个名词的记忆，除了出现在550公交车那个长久不更新的报站器上——"下一站，草暖公园"，还有就是，出现在我对十年前那个女人的怀念里。是的，我怀念这个叫"草暖"的女人，她曾经一度被我挡在了家门口，她被我嘴角那抹轻蔑的冷笑伤害过。实际上，她与我血脉相连。这一点，早就在我的潜意识里被鉴定过了，只是到今天我才明了。

黄咏梅《关于"草暖"这个人》
《青年文学》2015年第4期

草暖

草暖今年三十岁了,她给自己未来的十个月订下一个庄严神圣的任务——每一天她都要想两个不同的名字,一个男的,一个女的,当然最前边的那个字是根本不需要考虑的,"王"字是她肚子里的宝贝今生今世的定语,当然也是草暖她今生今世的最前边的一个姓氏。"王陈草暖",这是草暖在二十七岁结婚后的名字。

王明白对草暖说,其实真的不需要这样,结个婚难道连老爸姓什么都给丢了不成?我姓王,你姓陈,过去姓陈,现在还姓陈,只要你还姓陈就是我姓王的老婆。

草暖说,那还是不一样啊,我是你王家的人了,当然跟你姓啊,你看香港台新闻经常出来的那几个女人,什么陈方安生、叶刘淑仪啊,不都是跟丈夫姓的吗?再说我也没有丢掉我老爸的姓啊,陈字还不是排在王字后边,不是还在那吗?别人一看就能知道我老爸姓陈。

王明白没有吭气,他一个大男人每天应对公司的事情那么多,对这些细枝末节的事情从来不想考究,名字嘛,不就是一个人的标签罢了,又不是什么商品的品牌,非做得那么考究干什么?实际上他公司里的同事见到陈草暖都喊她"王太太",根本没有人知道她姓陈,名草暖,更加没有人知道她把自己唤作"王陈草暖"。

但草暖还是在自己的朋友里边坚持唤自己为"王陈草暖"。

多么麻烦的称呼啊，所以那些朋友无论跟陈草暖真熟还是假熟，都一律自觉地喊她——"草暖"。

自从三月份草暖怀孕以来，对名字的执着简直就到了变态的地步，好像十个月以后生下来的是一个名字，而不是一个男孩或者女孩。

变态！有一次王明白真的就这样说草暖。草暖没有说话，眼睛里充满了怀疑，好像怀疑自己肚子里的孩子跟王明白没有任何关系一样。王明白那天在公司里跟董事长产生了一些不愉快，心情比较烦躁，所以顺口就说了草暖这么一句。

草暖当然不会跟王明白争吵的，怀孕前不会，怀孕后当然更不会了。草暖说怀孕了不能够发火，要不然会把孩子气掉的，也不知道她从哪里来的根据，但是这毕竟对草暖是件好事情，更不用说对王明白了。草暖这个人就是这一点比较合适当老婆，整个人就像她整天挂在嘴边的那个口头禅一样——"是但啦"。只要有人征求她任何意见，结果别人总会得到她这句话，刚开始别人以为草暖有教养谦让别人抓主意，久而久之就发现草暖真的是很"是但"。在广州的白话方言里，"是但"就是"随便"的意思。结婚后王明白甚至觉得草暖这样"是但"的优点，比草暖煲的汤做的菜，比草暖长的样子穿的衣服，比草暖瘦瘦的小腿尖尖的乳房等都要好出很多倍。

可是，王明白却不明白为什么草暖什么都可以"是但"，唯独对姓名这东西却不肯"是但"，对"王陈草暖"以及无限个还没有确定下来的"王××"，她从来没有说过"是但啦"。

从小学读书开始，草暖就有一个绰号——"公园"，因为在广州，草暖等于公园，这是谁都知道的。草暖公园位于广州的越秀区，东风路的末尾，火车站的旁边，是广州流动最多人的一个地方，所以，草暖公园既是一个公园，也是一个公交车站的站牌。草暖不喜欢人家喊她"公园"，公园啊，听起来就像公厕那么糟糕，再往下想草暖就会更加不高兴了。

因为这个名字，草暖问过她的妈妈，她记得很清楚，就那么一次，后来妈妈跟爸爸离婚了以后，她想再问，就找不到妈妈了。那一次草暖放学回家，看到妈妈在家里熨衣服，那种很笨重的铁熨斗，底部经常被草暖用来当镜子照的，那个年龄草暖比较喜欢照镜子，只要能看到自己的脸的发亮的东西，都可以被草暖当作镜子来照，不管是一块放学经过的橱窗还是一小片窝在阳台上的积水。草暖长得很像她的妈妈，越大越像了。草暖的爸爸也是这样说的，包括草暖后来的妈妈也是这样悄悄跟草暖的爸爸说的。也就是说，草暖一天一天地照着镜子长大，奇迹还是没有发生，她太像妈妈了，而妈妈长得太普通了。

当草暖问妈妈为什么要给自己取一个公园的名字的时候，草暖的妈妈稍微愕然地抬起头看着已经高到自己肩头了的草暖，然后放倒了铁熨斗，熨斗的底部正正对着草暖的脸，草暖依旧习惯地朝着熨斗照了照。

草暖记得妈妈是这样回答的——起个名字，是但好听就得了，草暖，几好听啊！

妈妈很"是但"的回答令草暖很失望。说实在的，她多么希望妈妈能给她一个浪漫的解释或者气派的解释，比如说她跟爸爸是在草暖公园认识的，比如说她跟爸爸在草暖公园散步的时候想到给未来的她取这个名字的，比如说草暖公园那个时候是他们单位共同修建的，比如说草暖公园有一棵芒果树是当年他们将核埋进土里然后长成的……

但是草暖是个公园啊，妈妈。草暖不死心，总希望妈妈隐瞒了事情的真相，像她看到的很多言情小说一样有着一段爱恨缠绵的情节。

公园？公园不好吗？春天来了，草最早就暖了。你不记得了？小时候整天缠着爸爸妈妈要带去公园的啊？妈妈继续熨衣服，低着头处理衣服上很难熨到的皱褶。

可是去公园不是去看草啊，公园有游乐场啊。草暖还要继续追问。

那你就当你自己是个游乐场好了！妈妈笑着刮了刮草暖

的鼻子。草暖的鼻子跟妈妈的一样，塌塌的，刮在上边，跟刮在一张平脸上没有什么区别。

如果草暖是个游乐场，草暖也许就会很快乐了。可是草暖是公园里的草啊，春天来了，草就长了，暖了，春天走了，草就矮了，黄了。一年春天有多长啊？尤其在广州，冬天和春天简直没有任何界限，冬天走了一ေ就叫热，成夏天了。

再说了，妈妈后来也没怎么带草暖到游乐场。在草暖十三岁那年，草暖的妈妈就搬离了草暖的家，她不知道妈妈为什么要离开草暖和爸爸，她从来没有听到过爸爸和妈妈吵架，但是妈妈却忽然消失了。草暖什么感觉也没有，好像妈妈只是离开她一阵，过几天就会回来的。直到不久学校召开"单亲家庭家长会"，老师递给草暖一份油印的通知书，爸爸参加了，回来的时候摸摸草暖的头说，明年，明年我们就不参加这个会了。果然，到了第二年，草暖又有了新妈妈。

长大一点草暖才知道妈妈跑到香港了，跟她一个从小一起长大的表哥一起，说是说发展，谁知道呢？总之，草暖再也没有妈妈的消息。

不知道为什么，草暖总认为是爸爸不要妈妈的，因为爸爸长得比妈妈好看，妈妈能找到爸爸那么好看的人，也算是前生修来的了，妈妈有什么资本挑剔爸爸啊？妈妈也更加没有资本嫁到香港去才对啊。关于这些，草暖和爸爸没有任何交流，因为新的妈妈一来，草暖的妈妈简直更加人间蒸发得彻彻底底了，只是草暖这张脸偶尔会成为某种记忆的禁区。大概因为这张脸的缘故，草暖觉得爸爸不是很希望她结婚后再经常回家。

还好有王明白，他可以顺利地将草暖的人生从春天过渡到夏天以及别的季节，反正只要春天过了就好，过了就是说开好了头了，开好了头后就没什么大不了的了。

王明白既是草暖的初恋也是终恋。草暖二十六岁遇上王明白，那时候王明白从学校分配来广州，是一个外来人口，没有户口本，只有一张户口纸，夹在公司一叠厚厚的集体户口里边，轻飘飘、乱糟糟的。

草暖跟邻居一起认识的王明白，本来也没有什么相亲的意思，只是周末单身汉约着一起凑热闹，打发打发时间，人越多越好，所以邻居就把草暖拉上了。那次是到白鹅潭的酒吧街吃烧烤，大约有十个人，彼此都不是太熟，一个带一个就组成了一帮。邻居向他们介绍陈草暖，照例有人提到了草暖公园，草暖照例笑了笑没作什么解释，后来不知道是谁接着问草暖有没有弟弟，草暖纳闷儿地摇摇头说没有啊。那人说，如果有的话应该取名陈家祠。于是人群就都有了笑声。草暖也笑了，头一回有人将她跟陈家祠联系起来。陈家祠跟草暖公园相隔远着呢，在中山八路，是过去西关大户陈氏的旧址，里边是老广州的生活模式，已经成为文物被保护起来。

人群挨着珠江边吃起了烧烤，样子都不是特别雅观，但各自都跟各自靠近的聊起了天，边吃边聊，一直到了都看不清脚底是陆地还是珠江了。

草暖混在里边，属于人问一句自己答一句的那种。历来如此，草暖在人群中就是不起眼的，样子不起眼，说话也不起眼。

旁边居然有人很准确地喊她，陈草暖，要不要来瓶可乐？

草暖很惊诧，侧过脸去看那个人，一张陌生的脸，虽然刚才每人都被介绍过了，但是草暖一个也没记住。

这个人居然能记住草暖的姓和名。

草暖回家以后是这么想的，既然这个人能完整地喊出自己的名字，那就是说这个人注意到自己了，注意到自己了也就是说对自己有好印象了。相反，草暖不是太能看清楚这个人的样子，在夜色里只是觉得这个人不算高，有一张稍圆的脸。

所以第二天王明白打电话约她出去吃饭的时候，草暖自然就去了。

后来王明白就有秩序地跟草暖交往起来。

一年以后，草暖跟王明白去登记了。草暖带着登记有草暖的爸爸和新妈妈的户口本跟王明白到民政局登记那天，是夏天，广州的热浪熏得草暖觉得很不真实，好几次草暖回过头看王明白圆圆白白的脸上挂着几粒黄豆大的汗珠，每次快要滚下来的时候，草暖都用自己的白手帕将它们接住了，然后换到另外一面再给自己擦擦。到了民政局，王明白从胸前的口袋里掏出那张薄薄的户口纸摆在桌上，跟草暖那个有封面的户口本一起，草暖翻到有自己名字的那一页，摊开了，看看自己的名字，然后看看王明白的名字，心里才开始一阵高兴——自己嫁给王明白了。

在王明白二十七岁到三十岁之间，不仅身边多了个草暖，而且还多了很多下属，短短三年，王明白像坐直升机一样，噌一下子到了部门经理的位置。草暖笑嘻嘻地过上了好日子，换了一百多平方米的大房子，最近王明白还买了车。

"旺夫呗，有什么好说的？"草暖美滋滋地对自己的朋友说，她结婚后跟女朋友交往比过去密切了很多，话也自然多了。

实际上，草暖那张一点特色也没有的脸，实在看不出什么"旺夫益子"的端倪来，鼻子不高，天庭不饱满，两颊无肉，下巴不兜，怎么看怎么普通。幸亏草暖不喜欢张扬，要不然妒忌她的人没准会说出什么话来损她。基本上她的朋友在她身上得出的结论是——好人还是有好报的。草暖是个好人，好人的定义在她们看来就是：不刻薄，不显摆，不漂亮，不聪明。所以草暖这个好人过上了幸福的生活。

关于草暖的"旺夫益子"论，王明白虽然嘴上不以为然，但心里还是有一些相信的。客观地说草暖这个老婆还不错，很顾家，不奢求，不多事。可是王明白更多地想到自己一个大学生，这个时候不冒尖，这辈子要冒尖就很难了，看看周围跟他经历类似的年纪也差不多，现在不像那种熬资历的年代了，更多的是讲究抓机遇，机遇错过了就回家带孩子好了。这听起来好像比较残忍，但事实如此。

而草暖只是不偏不倚地与王明白的机遇同时出现而已。

关于王明白的机遇论，草暖虽然没有回应很多，但是心里也还是承认的。从这个角度来看，王明白就是草暖的机遇。还有，草暖现在肚子里的"王××"，也是一个机遇。怀上了"王××"，草暖才明白，人要寻找机遇并且逮住机遇，是多么微妙的一件事情啊。

怀孩子是草暖提出来的。

王明白刚买车那一阵特别喜欢带草暖出去，打打牙祭，吹吹山风。有时是为了吃大良的双皮奶开车到顺德，有时是为了泡泡温泉开车到清新，有时甚至为了吃一个牛肉丸开车到潮州……只要离广州半径不超过五小时车程的，王明白都喜欢带草暖出去。草暖坐在王明白的身边，系着安全带安静地听王明白车上放孟庭苇的歌,这个孟庭苇据说是王明白学生时代的偶像,一直喜欢到他当上了经理,并且开上了私家车了,还是初衷不改。草暖不喜欢这个孟庭苇,她还是比较喜欢听粤语歌,什么梅艳芳、刘德华的,她都喜欢,她觉得用粤语说话,高高低低,长长短短,味道都很婉转,光是说话就像唱歌,更何况唱歌?

这一次王明白带草暖到东莞说是看一场内衣秀。草暖不是很想去,可是王明白想去,他说他们公司有几个经理都会带家属开车去看。这样一说,草暖就觉得有必要去了。草暖是王明白的家属啊,能不去吗?再说,看的是内衣秀啊,当然要带家属去了,难道要几个男经理一起去?不太好吧?草暖当然去了,而且穿得很整齐,好像不是去看内衣秀而是去看自己一样。

到了东莞,草暖跟另外几个家属坐在一桌,男经理们则坐在另外一桌。那些穿着内衣的"内模"让草暖看得很陶醉,草暖觉得真美,不是内衣美,而是身材美,女人美,她承认,女人美起来真的连女人都会被打动的。其中有一个草暖就特别喜欢看,每次轮到她上场草暖的目光都不会离开她。草暖看那女人的时候偶尔也会想想自己,如果自己穿上那些内衣也会这么好看吗?其实这还用问?当然不会啦,草暖小时候很喜欢照镜子,长大以后就不怎么喜欢照镜子了,穿着外衣的时候不怎么照,更不用说穿着内衣照镜子了,草暖早就记下了镜子里的那个自己,普通得没有任何奇迹的机会。

真是美啊,男人们不知道会怎么想?其中一个家属由衷地感叹。

美有什么用?她们很惨的,找不到好老公才抛个身出来给人看的。另外一个家属接话,有些嫉妒的成分。

也是,她们就是因为找不到好老公才出来当"内模"。草暖在心里这样认同但没有附和。侧过头去另外一桌看王明白,他跟几个经理一起,讲讲笑笑,也猜不出在说台上的还是别的什么。

看完内衣秀回家的路上,草暖的手机响了,是草暖一个久不联络的表妹,刚说不了几句,手机就没电了,于是草暖用王明白的手机给打过去,并吩咐表妹将她家里的电话发短信到王明白的手机上,王明白不经心地瞥了一眼短信就把手机闭了。回到家,草暖问王明白表妹家的电话是多少,王明白看也没看手机就把号码背了出来,草暖不相信,要王明白给手机给她看,王明白给她看了那条短信,居然一个号码不差!草暖心里忽然有一种恐慌,莫名其妙的。王明白的记性原来是天生的好!

那当然,我的记性一直在读书的时候都是班上最好的。王明白很得意地笑了。

一直都那么好？那么准，那么牢？草暖求证。

又准又牢，所以考试总是考得好，现在记客户名字和电话也记得很准确。王明白大概觉得这是自己的绝活，也是自己升职的一个诀窍，沾沾自喜地窝在沙发上，跷起二郎腿翻报纸。

草暖想起那个白鹅潭的夜晚，王明白准确地问她，陈草暖，要不要可乐？连名带姓地。

王明白不认识草暖这个表妹，也许压根儿都不知道草暖还有这个表妹。草暖并不害怕王明白认识这个表妹，她只是害怕王明白的记性。

这种害怕随着草暖几个月后踏进三十岁一起踏进了草暖的心里，就跟三十岁这个年龄一样，赶都赶不走了。

三十岁生日那天，草暖觉得有必要去发廊修修头发了。草暖平时做头发喜欢在附近的一个小店里，店不大，也不是什么名店，但是对付草暖那简单的一把长头发，绰绰有余了。草暖习惯到那里，一是因为师傅都熟悉了，二是因为师傅都不爱跟客人说话。是的，草暖刚开始以为师傅是不爱跟自己说话，后来她观察过了，他也不太跟别的客人说话，只是喜欢在镜子里盯着客人的头发而不是眼睛看，这让草暖感到很自在，师傅专心对付的仅仅是一把头发甚至是一把乱草而已。

她不喜欢别的那些发廊，无论是师傅还是小工都围着自己团团转，一会儿问她的工作怎样，一会儿看着镜子里的她夸她脸上的某个器官，一会儿还问她家里的先生如何，诸如此类的。草暖是个人问一句就答一句的人，即便不会多说，但总是不忍心不回答不理会，所以但凡问了就会回答，而且回答大多准确。所以，草暖只去这家发廊剪头发，喜欢这样无声无息地坐在椅子上，偶尔看看镜子里的自己，更多的时候是翻看理发店的杂志。

理发前，草暖的头发就被洗湿了。照例拿起一本时尚杂志来看，一翻就翻到了一页，大概因为人翻的次数多了，所以不由得草暖的手控制，一滑就滑到了那一页。

这一页是心理测试题。标题是——看看你生命中的最爱是什么？

类似这样的测试题，草暖看过无数次，几乎翻开每一本时尚杂志，做得光鲜、花哨的，基本上后边都会有不少这样的测试题，测感情的，测理财的，测魅力的……不需要看对象的，叫 DIY，就是自测的意思。

在每道题选择答案的地方，都有人用笔打了钩。其中有一道很简单，上面有五个人的字迹。

题目是这样的：

如果你在沙漠里迷路了，不得不按顺序放弃你身边所带领的动物，它们是：老虎、大象、狗、猴子、孔雀。那么你放弃的顺序是怎样的？（结果请查看121页）

草暖看了看已经有人选择的顺序，有两个选择将老虎放在前边，有一个是猴子，有两个是孔雀。

草暖不知道那代表着什么结果。

此时师傅将草暖头顶那缕头发暂时掀到了前边，这样草暖的整个脸就被挡了，埋在头发里，草暖将那些动物排了个顺序：老虎—大象—狗—猴子—孔雀。

她设想，自己在沙漠里，没有食物、没有水，自己都顾不上自己了，当然要先舍弃一些大块的包袱了，要不然跟它们揽着一齐死不成？也许，放了它们，它们还能够凭本能逃出生天呢，而猴子和孔雀是最需要保护的。

草暖生怕自己忘记了这个顺序，在嘴上喃喃地念了两遍。

脸上的头发被拨走了，后边的师傅看了看草暖，草暖的眼睛在镜子里正好跟师傅的眼睛对接了一下，草暖的脸一下子红了起来，而师傅却没有任何表情，把眼光挪回到了草暖的头发上，大概是习惯客人都会翻到这页做这道题吧。

没准师傅是最早做的一个呢。草暖心里偷笑。

按照题目后的提示将杂志翻到了有结果的121页，也是很容易一翻就到了。

草暖看了看,心里就乐了。

这些动物原来分别代表着每个人人生里的一些东西:大象——财富,老虎——事业,狗——父母,猴子——孩子,孔雀——伴侣。

草暖心里一乐,接着就糊涂了,她记得自己的顺序前边是老虎,接着是大象,后边是狗,没有错,但是最后两个,是猴子在前还是孔雀在前的?她有些犯糊涂了,翻回到题目那页看题目,老虎、大象、狗、猴子、孔雀,这是题目的顺序,自己不可能按照题目的顺序一成不变地选择的啊,那就是老虎、大象、狗、孔雀、猴子?好像也不是啊。

草暖就这么犹豫着。

如果按照答案,那么转换成的结果就是:事业—财富—父母—伴侣—孩子(或者孩子—伴侣)。

草暖还真没有想过在伴侣和孩子之间,自己到底会先放弃谁。但是,她从来没有想到过要放弃王明白,而孩子,因为没有出现,更加谈不上放弃了。

知道答案以后,草暖就再选不了最终的结果了,到底是猴子在前孔雀垫底,还是孔雀在前猴子垫底呢?草暖永远没有自己的答案了。

头发终于做好。师傅拿出一个小镜子,让草暖对着眼前的镜子反看后边的头发形状，草暖很笨拙，小镜子总是对不准后边的头发，有好几次从大镜子里看到的小镜子里竟然是身边的师傅一张严肃的脸。草暖有些尴尬。

很好了，谢谢。其实草暖压根儿就没有看到自己后边的头发。师傅当然也知道，但是没有吭声，笑了笑，说，下次再来啊。

走出发廊，草暖不知道是因为修理过了头发还是什么，居然觉得感觉很良好，风一吹，有些许飘逸的味道。草暖路过橱窗看了看，年轻了一些似的，依稀看到了少年时代满马路找橱窗照的那个自己。

晚上王明白带她到花园酒店的扒房吃西餐庆祝生日。

两人在烛光下吃到一半，忽然草暖想起了那道简单的测试题，就同样拿来让王明白选择。

王明白想了一下，给草暖一个顺序：孔雀—猴子—狗—大象—老虎。

草暖一听，愣在了那里。

她问的时候没有想到过王明白的答案，现在王明白做了答案，就出问题了。换算对应的结果顺序是：伴侣—孩子—父母—财富—事业。

草暖心里很不舒服。

我的顺序刚好和你的颠倒过来。现时，草暖可以肯定她最后放弃的是孔雀而不是猴子,并且是坚定地肯定,为了跟王明白完全颠倒。

这些东西骗人的,亏你还去相信。王明白看出了草暖的不舒服。

可是这是你心里选的,除非是你心里骗自己?草暖反问王明白。

你想想看,这是常识嘛,在沙漠里迷路了,当然先甩掉那些没有帮助的甚至拖累自己的东西了,保存实力,出去了再返回来拯救它们啊,像孔雀猴子狗之类的。王明白跟草暖辩白。

可是,那些有实力的自己可以自救啊,先放弃它们它们或许还可以活命啊,像老虎大象之类的,放弃那些弱小的,返回来肯定找不着了。

王明白想了一下,把手中切割好的一块牛扒放到草暖的碟子上,说,这简直都不是一个维度上的比较,完全两种思维,你不要去踩这些陷阱,会扰乱人心的,更加不要庸人自扰啊。

草暖想再说些什么。但看到王明白把肉放到了自己跟前,不由得就动手去叉那块肉来吃,黑椒酱是王明白的最爱,草暖逐渐也喜欢上了那股胡椒的辣味。

那天晚上回家后,王明白要做爱,草暖就决定要有个"王××"。

一决定了，草暖就怀上了，王明白既不知道草暖的决定也不知道草暖那么容易就怀上了。

那就生下来吧。王明白无任何疑问。

那样，草暖的肚子就一天一天地自由散漫地大了起来。

草暖肚子里的"王××"还没有来到草暖和王明白的生活里，古安妮就先一步来到了草暖和王明白的生活里了。

王明白的女秘书叫古安妮，像一个混血儿的名字，可是草暖知道她不是混血儿，是江苏人，长得高瘦，头发乌黑发亮，脸上光光白白的，眉毛淡淡长长的，说不上很美，但是很有味道。对于草暖这样长相普通的人来说，古安妮算是一个打不败的对手了。当然，古安妮不是草暖的对手，她只是王明白的秘书，是在上班时间照顾她丈夫王明白的人。

草暖不是没害怕过古安妮跟王明白会成为那种"经典关系"，但事实证明他们不是这样的关系。

这是事实。

王明白有一天回来很气愤地对草暖说他的秘书古安妮肚子大了。

当时草暖的肚子也开始大了，可以从肚子的外形想象孩子的头手脚了，所以她一听到王明白气鼓鼓地说有个女人肚子也跟她一样大了，她首先想到的就是，有多大了？几个月了？孩子踢妈妈没？

很显然王明白并不是想跟草暖说古安妮的肚子，而是说古安妮。

古安妮是谁？

古安妮是我秘书，去年来的。

古安妮的肚子大了又怎样？

古安妮是江苏人，我面试的时候将她招来的。显然，王明白真的不愿谈古安妮的肚子。

古安妮的肚子大了不能在你那干了吗？草暖关心的是古安妮的肚子。

古安妮很能帮忙，做事情很有条理，而且态度好。王明白还要跟草暖说古安妮这个人，可是草暖并不太想知道古安妮这个人，只想知道她的肚子，因为她不认识古安妮，也从来没有见过。

但是后来草暖还是见着古安妮了，这个大了肚子的女人。草暖代表王明白去找古安妮，当然王明白并不知道。

草暖想到要去找古安妮，并不是因为古安妮跟自己一样都是大肚子的女人，也并不是因为古安妮的肚子跟自己的肚子有什么关联。只是，这个大了肚子的古安妮影响她的丈夫王明白的睡眠质量了。

自从王明白告诉草暖说他的秘书古安妮肚子大了之后，草暖发现王明白就在一种焦虑状态中，吃不香，睡不安，最重要的是，经常莫名其妙就义愤填膺，也经常莫名其妙就很无奈。

古安妮的肚子跟你有什么关系吗？草暖问王明白。但是她相信不会有什么关系，倒不是草暖有多自信，只是因为王明白下班一进门就告诉草暖这件事了，让草暖觉得好像是他们夫妻俩要共同面对的一些杂事，比如汽车被人撞坏了车灯要索赔，比如小区的管理混乱经常有传销商进来很不安全，诸如此类的。王明白就是当成一件事来告诉草暖的。

当然没有。王明白很坦白。

那，古安妮的肚子跟谁有关系？

她说是董事长的。

那，你为什么要生气？草暖有些纳闷儿。

我生气是因为她不告诉我，她居然跟董事长有一腿。王明白像个受伤的小孩。

这种事情还要汇报你，经得你同意？草暖真觉得王明白有时候很令人哭笑不得。

她是我的秘书，我亲自招来的。

可，她又不是你的人。

王明白听草暖这么一说，就更加来气了，在房间里走来走去，不坐也不站。

草暖后来才一点点地知道，古安妮告诉王明白，她被董事长看上后两人就同居了，董事长开始承诺会跟他老婆离婚娶她的，谁知道，她等了一年也没见董事长有什么离婚的动静，于是就故意怀上个孩子来威胁董事长，已届中年的董事长不吃她这一套，压根儿就不当回事。眼看着肚子一天天大起来了，她只好警告董事长说，如果不跟她结婚她就把孩子的事告诉她的直接上司王明白，让他身败名裂。董事长听了之后，冷笑一声说，他王明白算个球，我开了他！

关键不是古安妮的肚子，而是董事长那声冷笑。当古安妮把董事长的话照搬给王明白听之后，古安妮的肚子已经不是一个已婚男人和一个未婚女人的庸俗故事了，成为了一个男人和一个男人之间的纠葛了。

男人和男人之间的纠葛，当然不是指情感的纠葛啦，权力、金钱、尊严等更能成为男人和男人之间的纠葛。

那个中午，两个挺着肚子的女人，桌子前放一杯清水，那是草暖的，古安妮喝的是咖啡。草暖很想告诉古安妮书上说怀孕的时候喝咖啡对胎儿不好，可是草暖克制住了，这不是这场谈话的重点。

我觉得你这样行不通的。草暖说话开门见山。

他会心软的，他是爱我的，只不过放不下他的孩子。古安妮说话跟接电话时一样好听。

可是你和他的孩子还在你自己肚子里啊，他又看不到的。

可那终究是我和他的孩子啊。

他的孩子已经会代替他太太撒娇了,你的还没出生。

可是孩子终究是会出生的啊。

要么你辞职把孩子生好了跟他结婚,要么你辞职把孩子打掉离开他。草暖接连用了两次辞职,她希望这个美丽的古安妮能离开王明白的公司,不管她要不要这个孩子。好像只有古安妮辞职了,王明白跟董事长的纠葛就从此烟消云散了一样。草暖是这么认为的。

没想到过了几天,草暖就真的听王明白说,古安妮辞职了。

草暖心里一阵惊喜,也顾不上问古安妮的肚子是不是还在。

王明白看上去却有些怅然。

吃饭的时候,草暖问王明白,那个古安妮美不美的?

王明白想都没想就回答草暖说,美的吧。

草暖的肚子越来越大,已经进入生产倒计时了。她忽然有些舍不得她的孩子离开她的肚子,好像孩子出生了,她的肚子就空空洞洞了,而她每天琢磨的那个"王××"一落地,性别、模样、名字、一生,这些,就在世界面前揭晓并且尘埃落定了,也许孩子在肚子里的种种理想就会变成神话,每天过得都像等待奇迹一般,而草暖知道,等待奇迹的日子其实并不很好过的。

那个黄昏,草暖就这样伤感地想着,坐在沙发上,也不知道时间什么时候过去的。直到王明白下班开门走了进来。

草暖慢慢撑着腰走过去接王明白的公事包,然后拉着王明白的手说,我想好了,要是生个男孩就叫他王家明,要是个女的,就叫她王家白,好不?

王明白没来得及细想,心头就一阵感动,点了点头。等到自己换好了拖鞋转过身来,看到他的老婆,王陈草暖,挺着个大肚子,窝在浅绿的沙发上,穿一身红底黑点的裙子,像极了附在草叶上的一只披挂着铠甲的大甲虫。

《人民文学》2004 年第 7 期

名家点评 /

当这个世界以整一化的方式向前推进时,我们还有没有选择,可不可以拒绝?在财富与欲望的铁律面前,精神、自由、想象与诗意是不是只能存在于幽闭或地下,或者飞向茫茫的虚空?

这当然是比较极端的比较与追问,情形或者有比上述两种冲突更丰富更多样的存在,但那需要更平和的心态,更宽厚的胸怀,更敏感的发现,更深层的阐释与更美丽的温情。所以,我们更喜欢《草暖》这样的作品,这样的作品有点幽默,有点感伤,但最终能给人以温暖,它们是黄咏梅作品中不多的橙红色。草暖在慵懒中让日子有了意义,草暖对生活没有什么要求,她的口头禅就是"是但啦",也就是"随便啦",但就在这随便中她会认真地去做头发,认真地做看似无聊的心理测试题,认真地陪丈夫出入社交场合,然后认真地决定生孩子,做胎教,认真地给将要出生的孩子起一个好的名字,"我想好了,要是生个男孩就叫他王家明,要是个女的,就叫她王家白,好不?"草暖就是过着这样的平凡人生与家常日子,她觉得她的机遇好极了,她的这种心态也感染了王明白,他们忠厚地相信一个世俗的道理:

"好人还是有好报的。草暖是个好人，好人的定义在她们看来就是：不刻薄，不显摆，不漂亮，不聪明。所以草暖这个好人过上了幸福的生活。"我们没料到黄咏梅对日常生活能有如此的积累观察与准确的描绘，对世道人心能有如此的体察与感悟，她的文字能有如此的烟火气与家常味。我们要说的就是这一点，换一个角度是别有一番天地的感觉，比如在日常生活中去寻找诗意。

江苏省作家协会　汪政、晓华 ++++++++++++

创作谈 /

如果说，每一篇小说从开头到结尾，是一条虚构的河流，那么随着年岁的增加，阅读体会的累积，我渐渐发现，也许有的作品结构简单，设计简陋，也没有太多的叙述技巧，甚至笔法拙朴，有的地方还会露出虚构的马脚，但读着依旧会让人鼻子一酸，甚至热泪盈眶。如今，我更为珍惜这些动人的作品。

一些作品表面上反映出现实生活的真实现象，反映出了社会某群体的真实生活，但却缺乏对人内心世界的探寻，这些故事，多半都是对外部命运的体现，而人物只是外部命运的一个道具，就如"真人秀"里被设计的那些人。如果作品一味强调故事的真实度、可信度，却忽略了情感的真实性、人性的可信度，如何能打动人心呢？

我们已经不乏稀奇古怪的事情以备我们写作之需，可是，仅仅以"惊奇"和"丰富"来吸引读者眼球，让人张大嘴巴久久合不上，这样处理中国经验是简单粗暴的。我很欣赏评论家常说的一句话："新闻结束的地方，才是作家开始的地方。"作家沿着已经发生的事件，缓缓地、艰难地挺进，从笔下人物的内心逐渐进入到读者的内心，一笔，轻轻地将人的情感"放倒",将人们的冷漠、隔膜、躁郁、疑虑等情绪统统"放倒"。这样的作品才动人。

黄咏梅《小说不是"真人秀"》
《钟山》2015 年第 1 期

开发区

"开发区"不在郊区，不在江边的新城里，开发区在我们住的那条街上，她是我们的街坊。

我们这条街上，有不少嫁不出去的大龄女人，开发区是其中一个。只是她跟我们不同，她有约会的男朋友，我们没有。她有一张美丽的脸蛋，因为身材矮点胖点，所以算不上大美人，但是做个小美人，还是够资格的。可我们宁可叫在街口卖凉茶的"山大王"的女儿叫小美人，也不愿叫她小美人。我们叫她开发区。

我承认，我们除了看不惯她对男人的行为，还很嫉妒她，不知道她从哪里开发来这么多男人。很多时候，她就像一个野外生物学家，一走出这条街，就忙着去采集生物标本，而那些男人，也许在很多女人眼里看来实在不值得一提，可是，对于我们来说，每个男人就像我们在大街上眼睁睁看着飞驰而过的宝马或者凯迪拉克。

只有一点让我们感到安慰，尽管开发区开发了那么多男人标本，可她还是跟我们一样。所以，每当她在街坊活动中心里跟我们见面，说自己刚甩掉了一个干什么什么职业或者什么什么行政级别的男人的时候，我们都在肚子里暗暗可怜她，又被一个男人甩了。呵呵，看着她那双确实乌黑发亮的眼睛，我们也觉得其实她真的并不怎么样。

当然也有例外。我们曾经看到过一个其貌不扬，衣着普通的男人，站在她家门前的路灯底下，从我们做饭的时间开始站到我们把晒在阳台的衣服收回家。然后开发区出门了，经过这个男人，视而不见，男人跟着开发区走到了街尾，走出了这条街。之后我们再也没见过这个男人了。

　　开发区可不是我们的榜样。虽然我们也在私下里有过向开发区学习的打算。那一次，小芹好不容易经人介绍认识了一个在医院里当护士的小伙子，看着蛮清爽的一个人。开发区却对小芹说，根据我的经验判断，一个男人去当护士，估计没法往上走，你何曾看到过护士是男的？不过呢，这个男人倒有可能对你好，细心，把你当病人一样护理。说了半天，她给小芹的建议是，不要投入太大，先吊着，遇到合适的再放了。

　　谁知道过了不久，小芹咬牙切齿地把开发区给恨死了，没想到她真的将开发区的话当了格言，人家小伙子看她不热情，转头就找了另外一个女的。

　　我们都为小芹感到可惜，同时也觉得小芹亏了，不是被那小伙子赚了便宜，而是被开发区弄亏了，或许她在骨子里也跟我们一样，都不希望我们其中哪一个比自己嫁得早，更别说嫁得好了。

　　就是这样的，有的时候我们觉得开发区是跟我们站在同一个阵营里的，只不过她喜欢孤军作战，但更多的时候，我们又觉得她是我们的敌人。

我跟开发区不仅仅是街坊,还是同学。我们在一个自费的职业技术师范学院里有过三年的同学经历,所以,不管我跟那些女人们抱着多么相似的心态,甚至在私下里把开发区的名字叫得比任何人都频繁,可是,开发区还是愿意跟我说得最多。开发区的女朋友几乎等于鸭蛋,不知道是因为她把所有的时间和精力都用于开发男人,还是女人都把她看成是自己的竞争对手。

据我个人所知,开发区在念书的时候,喜欢过一个搞艺术的男孩子。他是学油画的,用开发区的话来说,就是搞西洋产业的,同学们那个时候打趣地把这个两鬓窄窄、脸色苍白的男孩子叫"西洋参"。西洋参的家在贵州一个老山区,据说家里穷得在河床里摸些小卵石,用盐巴炒炒,下饭的时候放到嘴巴含含。所以西洋参吃东西口味特别重,只要东西够咸,也不管是什么,就能吃掉两大碗饭。读书的时候,西洋参依然很穷,在街边给人画肖像,在隧道口给人设计签名,这些都干过。听人说,画画的能挣钱,光拍卖掉一幅就把一辈子的钱挣够了,所以开发区说,现在穷点没关系,关键是以后能往上走。

"往上走"这个概念,也不知道开发区从哪里学来的,在我认识她这么多年里,每当评价一个男人,她要不是问旁边的人,他以后能不能往上走?要不就自己问自己,他还能往上走吗?天晓得"上"是个什么地方,她又不是一个基督徒,她也不相信什么上帝。总之,开发区看男人跟我们都不同,她把男人都看成了一个问题,一个能往上走还是不能往上走的问题。

开发区对西洋参也许是喜欢的,因为除了喜欢过这个男孩子,我看不出她还喜欢过谁。为了帮助西洋参,她在他画肖像的路边当托儿,有人看到她从早站到晚,以为一个无知少女暗恋落魄艺术家。

最绝的一次,她跟西洋参跑到他贵州的深山老林里,挖那些树木的根,山长水远地搬了几大麻袋到我们这里来卖。可是,谁会要这些东西啊。那个时候,我们找到一块木板就会迫不及待地将它做成一张小板凳或者一个小斗柜之类的。那些根雕拿来给我爸爸看的时候,我爸爸嫌它们形状太奇怪了,连做一个烟斗的杆子都不够。说来也好笑,我的妈妈可喜欢这些树头了,她把它们捡了来,放在阳台上,把一些还没干透的小衣物挂在它们上边,有的还放在厨房里架我们的碗,她说,恐怕只有最称职的家庭主妇才懂好好利用废品。

算起来,开发区对西洋参是最好的了,他是唯一一个得到她借钱的男人。开发区的老妈总是对我们说,她养了一只铁公鸡。我们都笑说,她充其量也只是只铁母鸡。她老妈竟然说,她若是母鸡,下了蛋也会把它吃回肚子里,何况她从不卖力气下蛋,她指望男人下蛋。我们都不同意她老妈说她不卖力气,开发区其实真的很卖力气,她早出晚归,她开发男人,她的奋斗口号是——早起的鸟儿有虫吃!

开发区来我家找我的时候,除了讲讲眼下的那些男人,偶尔还会感叹一下过去,就跟吃了无比大的亏一样。她总是气愤地说,贵州佬真的不是一个什么好东西,在他身上我投资了四百五十七大元,放个屁都比他值钱。尽管这四百五十七大元已经过去好些年啦,可开发区每说一次,就恨不得去找他要回来一次。

那年西洋参毕业了,在这里东转转西转转之后,决定北上开发。他说,这里的人,连根雕都不懂得欣赏,还指望他们看西洋画?他要去找一个看得懂他的画的地方。一被人看懂了,他的画就值钱啦。说实话,开发区一直看不懂西洋参的画,西洋参花了很大的精力画完那幅称之为印象派的画,得意地给开发区看,开发区看半天不说话,最后,她指着画的一角,兴高采烈地对西洋参说,看出来啦,这里有一个女人,这是奶,这是卷发。

不久,西洋参背着这幅画向开发区借买火车票的钱。他说,只要火车一开,他的画就值钱了,画值钱就等于开发区值钱啦。

值钱的话，开发区是最要听的。尽管如此，开发区还是犹豫了不少时间。她在西洋参转身走的那一刻，决定帮西洋参到火车站买一张卧铺票。

整整四百五十七大元出去了。

好多年过去了。也不知道西洋参的画有没有值钱。

前些年，有人说在深圳的一个什么村里看到过西洋参，他跟很多画画的人一起，画三百块一幅的《蒙娜丽莎》或者《向日葵》，每天能画好几幅。我问开发区，干脆到深圳找他去？开发区那个时候正在开发一个我们这里刚刚开始筹建的大学城的包工头，据说以后钱会多到能把所有快乐都买来，能把所有烦恼都雇人灭掉。开发区说，找他干吗？我不在乎那点钱。后来，有人又说看到西洋参在桂林一个小县城的桥上，摆个小摊，挂满了山水画，骗老外钱呢。我又问开发区，要不到桂林去找他？开发区犹豫了一下，问我，要是找到他了，他会还我那些钱吗？那时候她刚结束一次开发，那个据说能往上走的厂办秘书刚刚从她身边走开。

如果我是开发区，我可能早就嫁了一百次了。连我妈妈都说，这个开发区，难怪叫开发区，总是开发，不结果的。算起来，开发区比我大一岁，她在我们面前说起过的男人，算都算不清楚。可是，天晓得，这些男人跟她都怎么啦？根据我妈妈的经验来看，她没跟那些男人怎么啦。我不明白。我妈妈说，她要跟了那些男人怎么啦，就不会老不结婚了。

我觉得我妈妈说的话，只对了一半。开发区可想结婚了，她甚至说，结婚哦，就像是她一直盼望得到一本蓝色护照一样，上面盖满了纽约、伦敦、巴黎、希腊等印戳。她打这个比喻的时候，眼睛瞄着她那正在吃西瓜的妹妹。可是她的妹妹一眼都不看她，只顾着埋头仔细地挑出那些黑籽儿。

妹妹当然清楚她说什么啦，她的手上戴着一只漂亮的米奇手表。这只手表每走一秒，似乎都在撩拨着开发区的神经。这是开发区下最大血本送给妹妹的一只米奇手表，是她早就在杂志上看到预告，然后早早寄钱去邮购回来的一只限量版的米奇手表。她把手表送给妹妹，妹妹于是承诺她，等她在新西兰安定下来之后，就帮她物色一个好男人，把她娶过去。

妹妹在网上认识了一个新西兰老男人，居然成功地把她娶到了新西兰。妹妹说不上比开发区漂亮，但是却比开发区聪明，她懂得上网，在很多姻缘网上张贴自己的征婚启事，把自己吹得跟朵大丽花似的。其实，开发区不喜欢她妹妹，她妹妹好吃懒做，但比她命好就是了。

妹妹出去已经两年多了，可是她每次发回来的照片，不是风景，就是她住的 House，压根儿就没提那个物色给自己的新西兰男人。

这次，妹妹回来生孩子，明确告诉她，新西兰地广人稀，平时除了奶牛和植物，连个人影都看不到。

开发区当然不相信啦。她看着那只限量版的米奇手表，问妹妹，你老公为什么不买只洋表给你戴着？

妹妹不接话。

尽管这样，开发区还是找回过去分手的那个外科男医生，让他给妹妹找了个好的妇产科大夫，她跟妹妹说，不用送红包哩。

我们认为，开发区结不成婚，是因为她总跟人处不好。就拿那个小陈来说吧，我们到现在都觉得她实在过分。

有一天，开发区逐个给我们打电话说，她可能要结婚了。接下来不用问，就听她说了一通，这个叫小陈的，如何如何有前途，如何如何能往上走，这些话说实在的我们都听多了。后来她要我们去看看他，他在一家土菜馆订了房间请我们吃饭。我相信我们当中几乎没有一个愿意去吃饭的，开发区不应该找我们这些单身的女人去，要知道听她说自己要结婚的时候，我们的心理活动是多么统一啊。我说我刚好要加班，小芹说她老爸老年痴呆发作了要在家看着，露露说她身上不舒服去不了，那个黑黑的胖小蔡干脆就明摆着说她没兴趣，不去。

可是当我去到那间包厢的时候,我发现,开发区邀请的人全都来了,因为除了见到小陈,我们还见到了小陈单位的好几个单身男同事。

小陈是个小公务员,比开发区大两岁。好像在一个什么政策研究室,人不老,但额际很高,头发已经快脱到头顶了。开发区说,这种样子的人,就是能往上走的,当然了,她说这话不是没有根据的。那个小陈吃饭的时候,总是说某某规划局的局长跟我很熟,某某厂长我一个电话就能找他出来买单之类的话。开发区一直用那双美丽的大眼睛看着他,好像他说的那些人是自家的亲戚一样。

饭后我们一起走回去,大家心里都在想,完了,这回开发区真能嫁掉了。而且关键是,那几个单身男同事们竟然没表现出对我们当中的任何一个感兴趣,我们沮丧的心情完全发泄到了对开发区这桩婚姻的诅咒上。

人家说,早秃的人不好,身体不行。胖小蔡第一个说了出来。

于是我们都说开了去,就跟议论菜场里卖注水猪肉的那个缺德老沈一样。

没想到我们的诅咒居然生效了,开发区果然没有跟那个小陈结成婚。

对于我们这些大龄女青年来说,诅咒是很灵验的,因为关于花好月圆的祝福，在我们身上总不奏效。更何况，我们对命运越来越虔诚了，我们都去找过不同的算命先生，算桃花运，甚至在各人的房间里，动不动就摆上一两个按照算命先生吩咐弄来的物事，朝向讲究，质地讲究，轻易是不给移动的。所以菜场里那些做买卖的男人，宁可得罪退了休的老太太，甚至是嗓门大大的大婶，都不敢得罪我们。做生意跟我们结婚一样，都是诅咒不得的。

那天，开发区的老妈气鼓鼓地走到我家，跟我妈妈说，我家那个十三点真的十三点，难怪她会成老姑婆。

我们都吓坏了。

她告诉我们，她家那个十三点竟然把那个小陈给扔了。

真不知道她是要嫁皇帝还是玉帝，谁会要这种十三点啊。开发区的妈妈气都快喘不上来，要知道她已经快七十岁了。

原来开发区竟然对小陈说她老妈得了一种稀罕的怪病，需要一大笔钱找医生，向小陈借一万元。可人家小陈没借给她，她就把人家给扔了。

好端端地向人家借什么钱啊，还诅咒我得了怪病。真是没心肝啊！开发区的老妈又生气又伤心。

我在心里暗暗想，难道开发区中了邪？或者是被我们曾对她诅咒的力量改变了命运？可开发区的命运是那么容易改变的吗？

谁知道开发区却很有理由,她第二天跑过来对我们说,这个小陈什么都好,就是跟钱相处不好,钱啊,是这个世界上最难相处的人,能跟钱相处好了,自然跟所有的人都能相处得好,自然才能往上走啊。

我觉得她真的是脑子里灌了水。

难怪你妈说你十三点!我对开发区实在没话好说,难道她真的觉得男人就像她们家花盆里种下的芫荽,割去当佐料用了,过不了几天又能长出新的来?

最后我妈妈说了一句话,让我至今脸红。我妈妈说,你又没跟人家睡,人家干什么要借钱给你啊?

我真的没想到我妈妈会说出这样的话。她说这话的时候,我的爸爸正坐在旁边低头给一盆金边吊兰捉虫子,没吭声,我妈妈正眼都没看他一眼。

开发区也不说话,我看到她眼里竟然闪着泪光,不知道是因为失恋的痛苦,还是因为扔掉小陈感到后悔。事后想想,可能两者都不是,大概因为她知道她老妈在别人面前骂她十三点什么的了。

在开发区交往过的男人当中,当然也有我喜欢的类型,毛峰峰就是一个。他送给我一张快餐店的八折卡,我至今把它夹在钱包里,看着那上边的名字,就好像看着他那张脸,那张脸，起码在我看来，是帅气的。

大柿子脸！开发区说到毛峰峰还是一副鄙夷的样子。

我的心里充满了愤恨。说实在的，开发区总是这样，对于那些她交往过的男人，一一不喊姓名，好像被她开发过的那些人，最终都成了她的敌人似的，连那个给她妹妹安排生产的外科医生也不例外，她背地里叫他"消毒水"，因为他一身都是这种味道。

难怪她嫁不出去！我愤恨的时候，总是会在心里这样骂她。可是，又能怎样呢？即便我不那样，也与她有着相同的命运。就像我对这个毛峰峰，从心里到外表都顺从他，甚至他让我给开发区带夜宵，让我给开发区的老妈带一些新鲜的肉和蔬菜，我都没有对他有过埋怨。

开发区也想过要跟毛峰峰结婚的，她说，一跟毛峰峰结婚，她就成老板娘啦，虽然现在快餐店做得还不是特别红火，可是，她很快会让这些快餐店连锁起来。到时候，她首先要盘下街尾那间冷清的旅店，把快餐店连锁到我们这条街上来，在这里她生活了三十多年，到时候，给大家打折。毛峰峰一听到打折这个词，仿佛条件反射似的，脸上堆起了笑容，从坤包里取出一叠印着他的名字的八折卡逐个递给我们。

后来我拿着那张八折卡常去毛峰峰的快餐店，可以说，毛峰峰对我留下了深刻的印象。我的话不多，可是我从钱夹里掏出八折卡在收银台付钱的样子,给毛峰峰一种美好的感觉。

有一天晚上,快要打烊了,毛峰峰在收银台拦住了我,他说我是开发区的好朋友,经常来,这次要请我,免账。接着又把我留在一张桌子前坐下来,让服务员送了两碗杏仁奶茶过来。

他说,陪我喝喝,聊聊。

毛峰峰不是本地人,他从老家跑出来,首先是在一个酒楼当服务生,因为他长得周正,而且笑得很勤奋,客人逐渐跟他熟络起来。后来,他被一个大酒家挖去当领班,再后来,又被一个更大的酒家挖去当楼面经理,到最后,毛峰峰就开始打本经营自己的生意。这家快餐店才经营起来不到一年,就已经名声在外了。

到时先在我们街尾开一间连锁店?开发区曾经这样在我们面前炫耀过的。

呵呵,当然,只要她愿意,到哪开都可以啊。

毛峰峰的回答让我心里充满了忧伤。这个愚蠢的问题一下子破坏了我聆听的幻觉。

接下来,毛峰峰竟然跟我说了很多他小时候的故事。那些到现在听来实在很不值一提的乡村小事,不知道他为什么兴致勃勃,即使是说那些令人难以置信的艰辛的情景,他都说得眉飞色舞的。

这个夜晚虽然对于我一贯以为是注定了的人生,是无动于衷的,事实证明,我后来的结婚对象也跟这个夜晚一点关系都没有。可是,不知道为什么,我却对这个夜晚以及那杯味道怪怪的杏仁奶茶单方面地感到特殊。

开发区说过,一个男人开始要追一个女人的时候,习惯跟那个女人讲自己的过去,讲得越详细就越表明他越想追到你。

毛峰峰的那些乡村生活,在一段时间里成为我反复捧读的一本书。我喜欢看小说,我们街上唯一的一间租书店里,那两排亦舒、玄小佛的言情小说全都被我看完了。租书店的老板说,她们早就不写了,因为她们都结婚去了。

结婚了就不再写爱情小说了?这听来有些荒谬。

开发区说,那有什么奇怪的,结婚了,有人养了,谁还那么辛苦写书赚钱啊?

往往都是这样的,在我们看来很荒谬的事情,开发区却觉得正常得不得了。即如她一脚把毛峰峰给蹬了,这么不可理喻的一件大事情,却被她像弹烟灰一样做得不动声色。

毛峰峰啊,那个即将开连锁店的小老板啊,那个遇到熟人就堆起笑递八折卡的好男人啊,开发区竟然像一次习惯性流产一样,把他给流掉了。

那天下午,毛峰峰在快餐店里看到我,托我把两张票带给开发区。这是一场香港歌星的群星演唱会,毛峰峰找人出高价买回来的，他让我转告她，晚上他来接她去看。

我拿着那两张票，不吭声，不拒绝也不同意，要知道那个时候，我的心里就像小说的高潮部分那样，冲突得可厉害了。我甚至还能感到，在黑暗里，毛峰峰坐在我身边，将手伸向我或者将头靠向我的时候那种温热和心旌荡漾。当然，毫无例外，我同时也对开发区开始了诅咒，这个肥胖的女人，不知道哪里好？要是毛峰峰知道她跟过多少个男人，他还要她才怪呢！

我一直找着各种借口，没有揣着那两张票走到开发区的家。

黄昏的时候，开发区竟然找到我家，她穿得无比的花哨，脸上也刻意地刷了好几把，仿佛是今夜即将开屏的一只孔雀，她肥胖的屁股一扭一扭地消失在我的视线里，我感到对她从来没有过的讨厌，以及随之而来的烦躁。

我妈妈在屋里看到我的一切，深深叹了口气。她最近在积极地广撒网，希望不久能在茫茫人海中给我捞回个男人来。

也就是在那个香港歌星演唱会的晚上，开发区把毛峰峰给蹬了。

这个毛峰峰太小气了，连两块钱都不放过。

这怎么可能呢？毛峰峰还请我喝过杏仁奶茶呢。虽然我忍着没将这件事情告诉开发区，但是我觉得开发区很欺人太甚！

开发区说，他们看完演唱会出来到存车处取摩托车，那个老太婆让毛峰峰把号牌还给她，大概是因为看演唱会太混乱了，又喝可乐又吃果脯什么的，把号牌丢失了。丢失就丢失了呗，老太婆要毛峰峰赔两块钱工本费，给就给呗，可毛峰峰竟然说，他付了存车费，凭什么还要付号牌费？老太婆说他丢失了号牌就要赔两块钱。一个大男人啊，竟然就跟一个树底下看车的老太婆争吵了起来，还要把别人的车给推倒。

岂有此理！长这么大没见过这样的男人！开发区一边说，一边用厚厚的巴掌将风扇到自己的脸上。

仿佛被蹬的人是我一般，我先是气愤，然后是难过，最后是忧郁。这样的忧郁持续了一段日子，我进到毛峰峰的快餐店，看到毛峰峰，他尴尬地装作不认识我。又过了一段时间，我进到毛峰峰的快餐店，看到毛峰峰跟一个女孩子，面对面坐着，桌前两杯一模一样的饮料，他正在眉飞色舞地跟那个女孩子讲着什么，目光一搭到我身上，马上就又收回到那女孩子脸上，竟然就真的从没认识过我了。

在我们这条街上，那些跟开发区擦肩而过的男人，会盯着开发区突出的圆屁股看，他们心里都在想，这个女人，究竟谁要了她？我从我那沉默的爸爸那里看懂了这些没有说出口的话。我爸爸某一天坐在沙发上，一直目送着开发区从我屋子里穿过客厅继而走出大门，紧接着他冒出一句话，就是她跟了老曾？我爸爸记错了，这段时间里传说我们街上一个老单身汉老曾跟街上一个单身女人好上了，我爸爸认为开发区就是那个女人。当时我爸爸穿着我妈妈穿旧了的、很宽松的一条西装短裤，有意无意地走到阳台上，朝下边张望。开发区必然在下边，一扭一扭地走过。

等到有一天，开发区终于大张旗鼓地出嫁了，这些男人才终于把目光放到了许同的身上。

现在大家都知道，那个叫许同的，走路迈着平稳的八字步，一不小心就容易走路同手同脚。他每天下班后，都要到菜场去转，捎点肉捎根黄瓜什么的，当然也经常买大闸蟹，通常一买就买三只。所以卖大闸蟹的泥鳅仔最喜欢看到许同了，他甚至说，许同，我们真是有缘，我在这里卖大闸蟹多少年了，从没看到过跟自己长得那么像的人。许同看看他，没有什么意见，说，只要你留最肥的母蟹给我，就算跟你双胞胎又有什么关系？泥鳅仔长得像泥鳅，整体瘦长，尤其腰最长，仿佛一坐到凳子上，屁股就不够放，垂到凳子下边悬空着了。他们说，懒人腰长，泥鳅仔前世是个少爷。墙角那个算命的老头，每见泥鳅仔经过，都喊他少爷，泥鳅仔被他喊得高兴，到档口抓一把毛票就送了过去。似乎是一种风气，我们这条街上的人，特别相信风水、相术、八卦什么的，就连许同，才跟开发区结婚搬来半年，有一天我们也看到他蹲在算命老头的旁边，很像那么回事地给老头摸摸骨头，瞅瞅面相。

算命的老头问许同，要看哪方面的？

看看官运。许同尴尬地压低声音说。那个样子，就跟一个男人在地下诊所看暗病一般。

自打许同出现在这条街以来，谁不知道他是矿产局的一个统计员啊？可是在我们这个没山没水的小地方，哪里来什么矿产可以开发？

算命老头不看许同的脸，只摊开他的手端详了良久。

你的手线很清晰，该有的都有了，事业、爱情、儿女，一样不缺。

一样不缺，意思说，还能往上走？许同将信将疑地像看着一个救星。

当然，从你的鼻子来看，能往上走，晚年会更好。

看得出来，好像被证实了某个事实一样，许同乐颠颠地在泥鳅仔那里挑了三只肥母蟹，用草绳整齐地扎好，拎了回家。

许同有什么好的？许同有什么不好的？谁也说不准，只是因为许同是开发区要嫁的，所以许同一下子在这条街上成为了我们议论的对象。

除我之外，她们都为开发区感到可惜，以至于她们光顾着可惜，却一点都不在乎她先于自己嫁出去了。

许同是开发区去参加一个很时髦的"九分钟约会"开发回来的。

那天开发区来找我,说,晚上带你去赴一个约会。

约会还带上我干什么啊,要我帮你俩取景拍照留念吗?我听了一肚子不高兴。

呀,这种约会,是一批一批的约会,不是双人约会。开发区向我解释说,这是她在朋友那里打听到的,一种快速约会,九分钟就结束了。

九分钟?样子都没看清楚呢。这也能叫约会吗?就算是目的明确的相亲,一顿饭的时间还是要的吧。我感到无比的好奇。

农村的集市里相那些不会说话的马或者驴,还要一个上午呢,九分钟就能牵个男人回来?我妈妈一贯对开发区不信任,她认为开发区条件好却一直嫁不出去的原因,就是不够脚踏实地。

认识了以后再慢慢看清楚嘛,先看条件。开发区满怀希望地把我带走了。

当我和开发区七拐八拐地找到那个叫"单行道咖啡馆"的时候,我终于知道为什么开发区比我们能找到男人了,她就连这种藏在某条小巷某个宿舍的车库底下的咖啡馆都能找到,哪里还有她找不到的地方?

女人歇着了，地球就不动了。这是开发区的名言之一。看上去，开发区连歇息的念头都没有。

她穿着高高的细跟鞋走进昏暗的地下车库，一低头，变魔术般地，就钻进了"单行道咖啡馆"。

令我大开眼界的是，这个门面看起来小小的咖啡馆，里边竟然能容纳那么多男人和女人。他们坐在桌子前，各自介绍着自己的情况，或者留下自己的联络方式，有的竟然还很精心地把自己的简历打印在纸上，话都不多说，发了出去就走人了。

我和开发区显然是这一堆人里边年纪偏大的，那些相互交换着目光的人，似乎只扫描了我们一眼，就不再理睬我们了。

服务员给我们端来了一杯咖啡。我才注意到，每个人的桌上都摆着一杯相同的咖啡。

开发区一坐下就不断地向邻近的男人介绍自己，同时那些男人也在不断地打量着开发区，要不是桌子挡住了开发区的下半身，估计他们连脚板都不会放过开发区的。可是，打量完毕后，没有一个人表现出对开发区的情况感兴趣，他们的脸最终都朝开发区偏开了。

也没有人来问我的情况，如果我不及时地逮着一个男人主动提问的话，这个"九分钟约会"就等于跟一杯咖啡约会了。

原来，所谓的"九分钟约会"并不是给男人和女人们规定见面交流的时间，其实仅仅是一杯咖啡消费的时间。九分钟，你桌面的咖啡就算一口都没动,都要被服务员收回去,在咖啡被收回去的同时,你的约会时间已经用完了。如果你要继续坐在这里,要继续寻找你的姻缘,那么,对不起,请继续交钱续咖啡,一杯咖啡二十块。

不用说,现实生活就是这样的流水作业,而这种男人和女人因为同一个目的坐在一桌的约会,等同于一桌流水席。

然而,我和开发区的这九分钟很明显比别人多,因为几乎没有人来主动跟我们搭讪,即便是美丽的开发区,也显得与他们如此格格不入。

我开始感到懊悔。早知道就不来了,跟这些所谓的白领精英们比时间,我们不惨败才怪呢,这么多年来,时间哪一天不在欺负着我们这些单身的大龄女青年?谁说我们不是被美好时光判出了局?

开发区更加一点也不掩饰自己的沮丧,她抚着咖啡杯的大耳朵,左边转一下,右边转一下,仿佛哪个方向都不舒适。

服务员将我们两杯到点了的咖啡收走后,我和开发区就打算离开这里了。可是,等等,生命里往往就是那么戏剧性地会出现一些人和事,甚至将我们的惨败结局扭转了过来。我也因此而对我过去所看的爱情小说那些一直不可思议的部分,相信了它们发生的真实性。

许同用声音把开发区的脚绊了一下,以至于开发区刚刚离开座位的大屁股一下子又落了下来。

再来一杯怎么样？我记得许同是这么说的。

我们刚才好像都没看到过这个人。说实在的，我们看不到他也很正常，他在人群里是如此平凡甚至平庸，要不是他在这个令人沮丧的散席的瞬间，发出了给我们续咖啡的邀请，就算是同样平凡的我都看不到他，更何况一贯自诩不凡的开发区？

原来平凡人跟平凡人扎堆，就会续很多很多杯咖啡，消磨很多很多个九分钟。

我算不清楚，许同给我们续了多少杯咖啡。这个"单行道咖啡馆"的老板很满意地看着我们离去，从他对我们的态度上来看，我琢磨着许同一定给我们续了不下十杯咖啡。

之后不久，开发区就跟许同结婚了。结婚了仍然住在这条街上。开发区兴奋地告诉我，许同买房了！我才知道，她把她老妈留给她的老房子低价卖给了许同。

九点五折啊，你去问问看，现在老城区的房子有那么便宜的？

据说许同当时高兴得嘴巴都合不拢，把所有的积蓄都转到了开发区的名下。

说来也奇怪，自从开发区嫁给许同之后，开发区就好像从这条街消失了似的，即使她穿着一件大红花衣在街上走着，人们都好像看不到她，相反人们开始关注起许同来了，仿佛那个风骚而美丽的开发区，隐了身一般地附在了许同的身上。当然，我们也跟开发区疏远了，我们看到她，甚至都不想跟她说话，仿佛她一张嘴，就是一个许同的嘴巴打开了。

这样的状态不知道持续了多长时间，大概是在我们一个个陆续结婚了之后，开发区才又在我们的嘴里复活了过来。

有件事情我一直琢磨了很久，你猜，我结婚的时候，红包里那张一百元钱的假币到底是谁送的？开发区结婚已经快两年了，她居然还在追问我。

天晓得，一百元都是一样的，又不签名的。

接下来她竟然用排除法将我们一一怀疑了个遍，又一一推翻了个遍。

嘿，不过我也没亏，我让许同拿去买菜花掉了，居然都没被看出来。

说不上开发区的婚姻生活幸福不幸福，但是我肯定许同一定对她很好，不仅仅因为许同每天都很有耐心地出现在菜场，也不仅仅是因为许同在算命老头那里确认了日后能"往上走"的这个事实。开发区一结婚就对许同讲，许同，你现在对我不好，那么到你老了，等你患了老年痴呆，你要小便我偏灌你喝水，你要喝水我偏塞你盐巴！许同听了，笑呵呵地做一副很害怕的样子，出门买菜去了。

后来，开发区又在我们的视线里复活了过来。我们又看到了开发区，每天穿得美美的，喷得香香的，以至于我们又开始有错觉，好像开发区又恢复了单身女人时的模样，勤奋地出门开发去了。

说实话我们还是看不习惯开发区这种夸张的样子。

我总是害怕呀，指不定哪天走在路上，一辆豪华小车，吱一下，准确地停到你旁边，然后从车里跨出一个男人，你仔细一认，原来是过去被自己蹬掉的某某某啊。不穿漂亮点，会输得很惨的！开发区望着那天窗外边若隐若现的小雨，少有的神经质的样子说。

我忍不住笑了出来。你呀，韩剧看多了吧？

咦，生活里的事还能有个谱的？谁也拿不准的。

话音未落，我只听到咔嚓一声，开发区已经用力把一只大闸蟹的腿掰断了，她很熟练地拈着一只蟹钳，捅进一截瘦瘦的蟹腿上，跟做手工似的，一点一点地把那里边的肉掏了出来，那么认真地，卖力地，寻找着一些甜头。

《花城》2007 年第 5 期

名家点评

黄咏梅的小说大都是书写小人物，一些生活于底层社会的小职员、小市民，他们生活于艰辛之中，但并不是多么悲惨凄凉，只是普普通通，有点苦涩，但生活总是在不经意中自然或是突然折断，生活的绝望境遇如期而至，仿佛这些小人物卑微的生活本该如此。有一种幽默感，可以在戏谑中写出苦涩的生活，这使她的小说总有一种活力，有一种自然纯朴的向生活开放的格调。

或者说，黄咏梅的小说有一种去主体性的意味，也就是说，主体意向并不十分强烈，立场、态度和生活的方向都不明晰，她与读者一起关注这些人物，那些故事总是在不知不觉中开始微妙地转向，那都是故事和人物自然发展的结果，仿佛那个叙述人都浑然无知。在我们读惯了那些主体性意向十分强烈的作品后，再读黄咏梅的作品会有一种崭新的感受。在写作人物的时候，可以看出一种单纯的好奇，她并不显示出十足的把握和信心去写这些人物，而是带着好奇和探究，带着漫不经心的寻觅，这使她的小说叙述有一种趣味。她一直在玩味着这些卑微人物的微妙心理，既不特别批判，也不失些许的同情，这就是她有别于批判现实主义的地方。

在更为自然自由的叙述中去讲述小人物的命运遭际，这就是她有意去主体化的叙述，那是她独特的艺术路数，在生活更加平实的状态中，去写出小人物心灵中的酸楚，去写出卑微灵魂中的点点滴滴的闪光，那样的文学，才真正接通了现实主义的命脉。

北京大学中文系　陈晓明 ++++++++++++++++

创作谈 /

我记得在鲁院的时候,你说的一段话我印象很深:"古代城市中的人和广大乡土社会中的人同属一个稳定的乡土文化心理结构,有着同构的政治、道德、伦理、情感和审美取向。古代的城市更类似于一个人生的驿站,古人主要有几个理想——功名利禄、衣锦还乡。这样的人生主题,对于大多数进入城市的人而言,最终的结局就是告老还乡,告老还乡是一种安稳的人生结局和生命方式。而现在我们进入城市之后,是没有退路可言的。"《瓜子》里的"我"正是那一大群没有退路的人。城市容不下她,但她在成长过程中,已经强行使自己跟乡村进行了割断,她不再愿意讲一句方言、她接受城市的教育、她的娱乐也是城市式的,尽管她明白自己依旧处于城市的边缘,无法进入真正的城市,命运依旧无法自己掌控,但是,正如你在课堂上说的,这些人"城市理性催生下的心智与情感生长如野草般芜杂,又如小兽般蛮横",所以,她断然在被送回家乡的火车途中,偷溜下了车,往回走。实际上,她的前方不是她的故乡,往回走也不是她的城市,但是这种"蛮横"和"执拗"主宰了她的人生。说实在的,我觉得她们这些人真的很可怜,身份的不确定使得她们自我不完整,她们是现代都市文明想象孕育出来的畸形儿。

郭艳、黄咏梅《冰明玉润天然色,冷暖镜像人间事》
《创作与评论》2016 年第 4 期

瓜子

1

十岁那年的某一天,我忽然不再愿意讲管山话,一个音也不愿发出来。就算在课堂默读或者做数学题用心算,我都坚决用广州话。回到家,我也跟老爸讲广州话。我老爸来广州十多年了,他的舌头还是绕不过他们管山地区的边界,就算基本的广州话都能听懂,但要叫他说几个广州字,他立刻就变成了一只笨茶壶,有嘴吐不出话来。所以,现在我跟我老爸讲话,真的像鸡跟鸭的对话。尽管老爸要求过我好几次,跟他讲管山话,我死活都不愿意。我一不愿意,就会发脾气,我一发脾气,我老爸就会像一根我最爱吃的麦当劳薯条一样,慢慢软了下来。

也就是从那时候开始,我老爸再也不敢把我抱到他大腿上,更不敢再用吐着浓臭烟味的嘴巴使劲地亲我的脸了。他对隔壁的管山老乡说:"来运鳖啊,我女儿长大了,变成广州人啦!"

那个来运鳖嘿嘿嘿地冷笑几声说,开成鳖,说几句广州话就是广州人啦?你真是抽神经啦!给户口本我望望?哼,我还真没见过住在出租屋里的广州人!

嘻嘻,来运鳖,我女儿两岁就跟我来广州,吃广州的米比吃管山的味精还多，幼儿园小学都在广州念，以后还要在广州念高中念大学，你说，她不是广州人是什么人？

开成鳖，你难道没见过广州人？广州人长得比我们管山人差十万八千里啦，你看看物业那个会计李晴晴……

话还没讲完，我老爸就爆发出了一串笑声。我老爸只要一笑得激烈，就能听到喉管里藏着的痰在蠢蠢欲动。那个来运鳖也跟着笑了。好像他们同时看到了乐运小区里那个难看的李晴晴。

这两个人，各叼着根烟站在楼梯过道上，用管山话大大声地"鳖"来"鳖"去，在我听来，真的是很丢脸。

我老爸说过，在管山人的嘴巴里，"鳖"是一种珍贵的东西。如果在一个人的名字后边加上个"鳖"字，就好比在水煮鱼头里加上一把辣椒，在芹菜炒香干里割进几片烟熏肉，顿时就有滋味，亲起来了。也就是说，"鳖"像一个秤砣砣，加在交情这杆秤上，分量就重了许多。唉，他们根本不知道，"鳖"在广州话里，就是指"水鱼"。广州人只要称某个人是"水鱼"，某个人一定就是个很好骗很好蒙的蠢货，是个被人揩了油还不察觉的笨蛋！难为我老爸他们还把"鳖"当作一种昵称。

我反感地在心里嘲笑着这两条大"水鱼"。

可是，事情往往令人讨厌，我越是反感这些操着管山话"鳖"来"鳖"去的大"水鱼"，我生活的周围就越多这

167

样的大"水鱼"。我们住在石牌村的出租屋,一走出门口,旁边修单车卖小五金零件的是一个"鳖",对面那个挑着水果长年跑来跑去的"走鬼"又是一个"鳖",巷口那家我最喜欢光顾的卖十元三本过期港台娱乐周刊的书摊上又有一个"鳖"……只要我老爸一走进石牌村这条窄窄的小巷,就可以跟人"鳖"来"鳖"去,所以,他可喜欢这条城中村了,他说,这是广州唯一让他待得舒服的地方。

其实,这些"鳖"最集中的地方,莫过于我老爸当保安的那个乐运小区。

在我进学校读书之前,我老爸每天上班就把我像放羊一样放到乐运小区。乐运小区离石牌村很近,但是却有着跟石牌村截然不同的面貌。小区一共有八栋高楼,每栋都有二十八层。我就在这八栋高楼之间荡秋千——跟着进进出出的大人们坐电梯。从一栋一楼坐到二十八楼再坐到一楼,接着又从二栋一楼坐到二十八楼再坐到一楼,一直坐遍了八栋。电梯没什么好玩的,可是电梯里总能遇到住在这里的人,这些人一进到窄窄的电梯,就会比在大街上显得亲近,闲得没事也会逗我说说话,问这问那的。幸运的时候,还会遇到跟我年龄相仿的小孩子,他们会听父母的话,将手上的零食大方地分我一点。

当然,更多的时间里我会在小区的花园玩。花园也没什么好玩的。不过，有些晒太阳的老爷爷老奶奶，他们每天都有数不完的时间，如果我愿意的话，他们可以一直陪着我在花园里玩，直到他们到点回家，一个个消失在"砰砰"关上的电子铁门前。

除此之外，就是跟小区里的"鳖"们在一起。乐运小区的物业主管就是老爸他们管山人，很自然的，十个保安里就有六个是管山人，顺带着，一些保洁工人、水电工人甚至是蹲在小区门口时刻等着上门收买报纸废品的，也都分布着不少管山人。这些扎堆在一起的"鳖"们，分散在乐运小区的每个角落，门口的岗亭、车库底下、水电房里、垃圾房、花坛边……所以，无论我走到哪里，都能碰见他们。他们也没什么好玩的。他们喜欢相互开玩笑，喜欢装作要跟对方打架的样子，在不弄疼人的程度下，动手动脚，拳来腿去，打打闹闹，无聊透顶了。

小区里的"鳖"们都知道，开成鳖的宝贝女儿，年纪小小，却古怪得很，轻易不跟他们搭话，一副骄傲又讨嫌的样子。他们对我老爸说，你看看你这个女儿，怎么养都养不熟，要是一直放在老家养，肯定不会这种样子，管山人的后代，总是要吃够管山的米才能养熟啊。放到广州来养，孤孤的，都养歪怪了。

这种说法让我无比讨厌。相比起回管山爷爷奶奶家，我更愿意被放在乐运小区，一千、一万个愿意。管山的村子里有什么啊？有爷爷和奶奶，有牛和牛粪，有猪和猪臊，有穿得破破烂烂从没见过城市的小孩子……在我看来，管山就像一只瘪瘪的破塑料袋。而乐运小区却像一个装满了漂亮礼物的大礼包。尽管在乐运小区，大部分时间我孤单得像草坪上的小狗。那些从家里跑出来的小孩，压根儿都不爱跟我玩，因为我是那个看东门的保安的女儿，因为我没有掌上游戏机，也没有可相互交换的漫画书，更加没有漂亮的巧克力，而这些东西，基本上就是通往小区孩子们友谊大门的门卡和通行证。我没有。我兜里只有老爸头天晚上帮我嗑好的一包五香瓜子肉（在小区里是不让我嗑瓜子的）以及那只我喜欢了很长时间的老爸在地摊上买的"小熊维尼"（后来，我上英语课了，懂得音标，才知道，它并不是动画片里那只真"小熊维尼"，它只能叫作"小熊文尼"，因为在它胸口上绣着的名字，跟真维尼熊相差了一个字母）。即便是这样，我也宁可待在这里，忍受着那些"鳖"们，忍受他们时不时跑过来掐我的脸，或者用手架住我的脖子将我抬离地面。

当然，除了偶尔几次过年，我老爸是不会把我送回管山养的。他早就把我的孤，都归根为命，是一种被算死了的事实。

在我老爸床头的一只小柜里，放着一个蓝色的铁盒子。盒子里装着老爸所有重要的证件，身份证、暂住证、健康证等等，跟这些重要证件锁在一起的，还有一张折叠得整整齐齐的红纸片。展开这张纸片，我就能看到，关于孤这个事实的认证——纸片上孤零零地写着一个"孤"字。我老爸将这张红纸片跟我的出生证夹在一起，仿佛"孤"是我的一个妹妹。

　　这张红纸片没什么特别的，它只不过是一张过年时用来包红包的那种纸，而上面写的那个"孤"字，更没有什么特别的，在我小学四年级的时候，就已经能写出比这更好的字了。可我老爸硬是将这张红纸片当成宝贝，他说，那是狐仙开出的药方，弄掉了，命就会犯太岁。至于犯了太岁，命会怎么样？我老爸含含糊糊，只是说，小孩子，只要听大人话，管那么多命的事情做什么？

　　开这张药方的狐仙，我见过。其实，狐仙也没有什么特别的。狐仙抱过我，还给我买过一元一包的脆脆面吃。现在，我还能指出来，她曾经住在石牌村那家桂林米粉店楼上，三楼楼梯口转右边的第一个房间，现在住着一个卖北方水饺的老头。

　　那段时间，找狐仙算命的人，能从三楼楼梯口排到一楼米粉店。由于人太多了，排队时还引起过纠纷和混乱，差点因为打架引来公安。所以，那女人聪明地做了些号牌，就像中药铺里的医生叫号看病一样，她给人叫号算命。

　　我老爸是带着我一起去算命的。我觉得我老爸的好奇和紧张其实跟我一样多。他一坐到那个女人面前，就把靠在他脚边的我紧紧地夹在了两条大腿中间。他一度还将手伸出来，摆到跟前的桌子上，做出等待号脉的姿势。那女人看着我老爸这个样子，就笑了出来。女人一笑，就不像狐仙了，像一个好看的阿姨。这个好看的阿姨脸比一般人都白，眼睛细细，嘴巴小小。让我看得目不转睛的，是她那两根眉毛。那两根眉毛不是长出来的，而是画出来的，那上边连一根毛都找不到，就像用蜡笔画出来的两根线。这两根线忽上忽下，忽靠近忽分离，主宰了我对整个算命过程的记忆。当然，除了这两根线，接下来发生的事情也强占了我的记忆。

狐仙拿着一张白纸，一支笔，一边问我老爸一些问题，一边在纸上画来画去。之后，她从身后拿出一只大大的红箱子，矮下身来，递到我跟前，让我把手从箱口伸进去，抓出一个小布袋来。

我被吓住了。当时我才六岁，面对一个陌生人递过来的东西，本来就不知所措，要将手伸到一个看不到里边的箱子里，无疑等于一个人被关在黑乎乎的房间里，或者说像每次回管山时，火车必然要在某个地方，钻进一条伸手不见五指的隧道。这是我在那个年龄最为恐惧的事情。

与其说我从那只箱子里许许多多布袋中独抓到了装着那张红纸片的布袋，不如说是狐仙最具影响力的一番话，使我老爸死死认定了这就是狐仙开的药方,而不是我选中的命运。

狐仙打开这张红纸片,看了看那上边写着的"孤"字,就用细眼睛紧紧地盯着我老爸,严重地说出了一个事实——这孩子天生就是个孤命,很小的时候就跟娘分开了,应该是她两三岁的事吧……

我能感觉到老爸的两条大腿,像被谁猛地敲了一棍子,重重地抖了一下,又好像是在午睡的时候,梦到自己掉到山谷里了,两脚同时踏空,迅速地抽搐了一下。

接下来,狐仙又喃喃喃喃地跟我老爸说了一些话。狐仙说着说着,老爸偶尔作出回答的声音开始抖了。狐仙又说了一阵,老爸开始用袖角揩眼泪了。狐仙把我老爸都说哭了,但是她好像还没有停止的意思,继续又说了一阵,我老爸就连眼泪也顾不上揩了,丝毫不控制地哭出了声音来,仿佛眼前这个狐仙阿姨,就是他失散多年后重逢的一个老朋友、老乡亲。

这是我有生以来第一次看到老爸哭。据管山的爷爷奶奶说,其实在我两岁之前,在那个死女人跟煤老板跑到山西之后,我老爸动不动就爱揩眼泪,直到把我带到广州,打上工,赚上钱,才好了起来。那个死女人,就是我至今没落下记忆的老娘。

其实,这张药方上的"孤",既是命数,也是解药。狐仙对我老爸说，你发现没？这张纸上写的，要顺着看呢，就是一个孤单的"孤"字，要逆着看呢，就是"瓜子"两个字。一个字能变两个字，这就是解孤命的药方。你说啊，一个人能变成两个人，这命还能是个孤命吗？

我老爸眼睛盯着纸上的那个"孤"字，听得半懂半不懂，却仍然在用力点头。

后来我听说，这次算命，老爸心甘情愿地花掉了整整八十大元，只拿回了这张红色纸片。

不管是否值当，无论懂还是不懂，经过这次算命，拜托那位狐仙阿姨，我得以长年累月地嗑瓜子。她叮嘱我老爸说，没事就多嗑瓜子吧，去去孤命。

嗑瓜子就能去孤命？只要有点文化的人，都不会去做这样的傻瓜事，偏偏我老爸就是这样一个没文化的人，而最关键还在于，他一直对那个不知为何能说中他伤心事，惹得他号啕大哭的狐仙阿姨到死都深信无疑。

我也相信。因为嗑瓜子成了我童年最爱做的一件事情。嗑着瓜子，我会觉得不那么无聊，加上我嗑瓜子的技术相当娴熟，速度也惊人，一嗑上，嗒嗒嗒嗒，嗒嗒嗒嗒，脆脆响响的声音，听起来仿佛有一排排小朋友从我嘴巴里一路小跑出来。碰上出租屋经常停电的夜里，电视看不上，我和老爸两个人，坐在屋子里，就着黑，嗑瓜子，听到从我们嘴巴里发出此起彼伏的声音，就像一屋子都坐满了聊天的人，热闹得要命。

2

这么久以来，我们几乎都忘记了嗑瓜子是狐仙阿姨开给我和老爸的药方，而是我和老爸生活中难以戒掉的一种"瘾"。在我老爸的裤兜里，随时都能摸出一大把瓜子。上班的时候，我老爸严格遵守保安纪律，绝不吸一根烟，不嗑一粒瓜子。不过，他却有一个毛病，没事喜欢把手伸进裤袋里，一撒一撒地抖动那些瓜子，发出沙沙沙沙的声音，而且，抖得相当有节奏，抖出来的声音，真有几分像一首曲子的节奏。小区里那个退休的孤寡老人麦教授，每次进出东门，看到我老爸站在岗亭门口，无意识地将手放在裤兜里撒瓜子，总是要停下来，笑话我老爸一番——想女人啦？裤兜里是不是睡了个女人？

经过麦教授这么一说，小区里的那些"鳖"们都觉得特别形象，闲得无聊就会拿这些话出来笑我老爸，不仅笑，有几个跟老爸玩得最好的"鳖"们还会伸手去掏他的裤兜，掏裤兜是假，转过手掏老爸的裤裆却是真的。老爸也不介意，随他们玩，有的时候还跟他们扭打在一起，你掏我，我掏你的。

我老爸说，嘿嘿，这些卵鳖，玩自己的还不够，还要玩别人的，玩嘛玩嘛，反正闲着也没事。

我老爸曾经被一些中年女业主投诉过，她们说老爸玩裤兜这个动作不文明，有损小区的风貌。有两次，我老爸还因此被保安队队长孟鳖找去谈话。谈话后，我老爸确实刻意地提醒自己，强制性地减少了攮瓜子的次数，可没几天，老毛病又犯了。孟鳖也拿他没办法，在保安纪律条例上并没写明不准攮瓜子，再说，我老爸是在裤兜里玩自己的东西，既不妨碍他人，也不损害公共设施，耐我老爸何？

不过，攮瓜子这个习惯，也成了孟鳖教训我老爸的一个习惯性理由。

我从识字开始就知道，这个孟鳖名字叫孟毛，也是老爸他们管山人，比我老爸年轻些。得以知道这些，是因为在小区岗亭的墙上，贴着他神气十足的照片，照片下边写着他的简历、手机号码等等。我听老爸说，刚开始，大家叫他"毛鳖"，他不愿意，后来人们就改口叫他"孟鳖"，他还是不高兴，再后来不知道是谁起了个头，用普通话叫他"孟头"，他一听，只笑得有牙没眼。"孟鳖"改"孟头"，懂得管山话的发音，你就知道这个改变，简直比让麦当劳的汉堡包增高半寸还难——管山话里根本没有"头"这个发音，他们把"头"一律念成"豆"。念不来，所以，管山的人还是只好叫他"孟鳖"。

孟鳖来广州不如我老爸时间长，不过，由于物业主管是他的表哥，他得以坐滑滑梯，一溜到位。尽管我老爸认得的"鳖"比他认得的多，但是那些"鳖"用我老爸的话来说，都是些跟他一样的"没意义鳖"。我老爸在乐运小区当门卫，守的不是正门，而是东边那个不走车光通人的小侧门。这个侧门由于离菜市场比较近，一般进出的都是些住户，外来人几乎都不知道有这个门，所以，这个门在他们的保安事业当中，属于一个没前途的门，而我老爸也早就被认定是一个没前途的门卫。我老爸已经四十二岁了，身材既不高大，相貌也不威猛。孟鳖不时恐吓我老爸，如果他守门出点错的话，要再降，就只能降到地底车库里守车了。

对于有没有前途，我老爸一点都不介意，可以说，他把所有希望都寄托在了我身上。隔壁屋那个来运鳖喝了几杯酒，喜欢当老师，逮到谁就跟谁讲道理，他一讲道理，就拿我老爸来当课文，他把我老爸对宝贝女儿的读书问题当成一种榜样，到处讲。他说，开成鳖这样的人，下辈子投胎做人都要找回他来当老爸，你看，阿蓉在广州读书，从一年级到六年级，一级也没少给过！听起来，好像我读书升级，都是我老爸给的。那个来运鳖在管山，大概连学都没上过，他哪里知道，每一次升学考试，我都吭哧吭哧得像爬山坡一样艰苦哩。

我所读的小学学校，在全广州的小学里，名字都排不上。

据说当初是因为名额问题,我没能在石牌村唯一一所民办小学里念书。至于乐运小区旁边那所公立学校,对于我们这些外来工的子女,简直是门都没有。我老爸又死活不愿意我推迟一年上学,他认为,在城里,一寸光阴一寸金,为什么这里人走路都急急忙忙的?就是因为他们知道省时间就是省钱。没办法,我老爸只好下狠心把我放到了另外一个人口比较少的城中村的民办小学。所以,每天上学,我都必须穿过一条又深又暗的地下人行隧道。这条隧道对于我来说,很像一个怪兽的大肚子,只要一走下去,我就感觉到呼呼呼怪兽喘气的声音逼近耳朵。

早上上学,我老爸拜托楼下的梁阿姨带我——梁阿姨每天必要准时穿过隧道,到一家医院给病人当护工。不过,到放学的时候,我就得自己一个走回来了。所以,我老爸和我约好了,每天下午放学后,五点四十分左右,他会穿过隧道这边来接我。

每天,我老爸从下午五点半开始,就离开了乐运小区的东门,一路跑过乐运小区菜市场,跑过石牌村,跑进黄埔隧道,再跑到东边的出口。这一路跑,十分钟左右。基本上,老爸在隧道出口,喘好气,跟几个长年在那里卖盗版碟、挑箩筐卖花以及推自行车做鸡蛋煎饼的那些老熟人打几个招呼,聊上几句之后,就能接上我了。学校里的老师,知道我的特殊情况，从不对我留堂。事实上，这间民办学校，教的都是外来工子弟，对迟到早退甚至是旷课的学生总是睁只眼闭只眼。

有的时候，老爸会迟到，我就站在隧道口等，直到老爸气喘吁吁地从暗暗的地底下钻出来。

我也经常迟到，我一迟到，老爸就心急，因为那就意味着回乐运小区，他又要以加速度一路狂奔。

记得有一次，我因为在学校贪玩多了一会儿，迟到了，我老爸一见我就骂，我硬是不承认自己迟到了十五分钟。我很天真地认为，他又不带手表，怎么会知道时间？谁知道我老爸居然说，我都数了三十九张鸡蛋煎饼了，往天最多数到十张！那个卖鸡蛋煎饼的大爷，一边熟练地在手上摊着他的饼，一边笑着看我们，说，小妹妹，我煎的饼比钟还准时啊，以后别让你爸爸在这里等久啦，整天跑来又跑去，受累啊！

跟老爸一起穿过隧道的时光，以及老爸一把我带出隧道口就拔足狂奔的身影，以及老爸一开始跑动裤兜里那把瓜子就欢快地跳舞的声音，在我的整个小学时代，简直比乘法口诀还熟悉。

几乎整个石牌村的"鳖"们，认为我老爸开成鳖对他的宝贝女儿紧张得过了头。过了头的意思，主要是因为我老爸为了争取每天下午五点半到六点之间得以准时离开岗位，付出了过于沉重的代价——包括他在三十多岁正当保安大好年华的时机，放弃了守小区正门这个重要的岗位，而宁可到东门做个几乎可以忽略的闲人；包括他曾经有过的一次再婚机会，据说那女人被我老爸一路狂奔的动作吓跑了，她断定我老爸结婚的主要目的就是找一个可以代替他狂奔的人。当然，最沉重的代价莫过于，我老爸成了那个保安队队长孟鳖的小喽啰。

算起来，孟鳖只比我老爸小两岁，可他总是顺嘴叫我老爸老王。这个老王，很有点管家或者仆人的意思，他为孟鳖做的事情可不少。清晨，他要给孟鳖带回刚炸出来的油条，然后，迎着小区的晨光，他还要代替孟鳖在花园里，喊着他那极其不标准的普通话口号，带领着二三十个保安，操正步，做体操。当然，还有其他一些临时要帮孟鳖代劳的杂七杂八的事情。这些都不算什么，让人觉得窝囊的，就是每天中午时分，他要替孟鳖做一件谁都见过但却见不得人的事情——把孟鳖在食堂多打的一个盒饭，拎回石牌村，带给红姑。

石牌村里有一家总是散发着红光的神秘小店，窄窄小小的，店门口既没有类似于"金鑫"这样的店名，也没有"大出血甩卖"这样的横幅，只是乖乖地、心甘情愿地被夹在一家烟酒店和皮鞋店的中间。但是，这家店的生命力却很强，它就一直被夹在那个位置，一夹就夹了很多年。

这是一家成人用品店，老板娘就是红姑。

在我还没够年龄弄清楚小店里卖的那些东西的用途之前，我就已经知道红姑是孟鳖的女人。事实上，来运鳖背地里很是蔑视孟鳖——哼，以为送个盒饭，那女人就是他的了，真是白天做个大头梦，盒饭里睡张钞票还差不多！来运鳖这么说是有根据的，因为他不止一次地看到红姑跟不同的男人在一起。

类似于来运鳖这样的话，我老爸听了不知道有多少遍了，他也接受过老乡们许多次对这类事情的"盘问"，可每次他都装聋作哑，既不接话也不回答。这让老爸那些"鳖"们感到不爽，他们说，开成鳖这个样子，就是个拉皮条的。我老爸听了，既不生气也不还击。不过，他们最终都原谅了我老爸，因为谁都知道，我老爸对孟鳖事事顺从，没别的，仅仅是为了争取下午半个小时去接女儿。

孟鳖不仅有老婆，还有个跟我一般大的儿子，只不过他们没住在一起。他是保安队队长，又仗着表哥的力量，打着工作的旗号，在乐运小区的车库边，得到一间十来平方米的小单间借住。他老婆在龙洞那边一个家政公司当钟点工，儿子也跟着她一起读书、生活。每个星期六，老婆儿子就过来跟他挤单间，一家人团聚，顺便帮他拆拆洗洗的。

老婆不在，孟鳖下班就去找红姑，找得太明目张胆了，就不断被人传出他爱找鸡的话来。有些难伺候的业主向物管处投诉，说小区不能要一个爱找鸡的流氓当保安队队长啊，风气都带坏了。物管处处长是孟鳖的表哥，他警告过孟鳖好多回，要是他再被人发现去找鸡，就要被业主委员会联名撤职，到时候，谁也保不了他。孟鳖心里虽然气恼，但是嘴巴上却不敢顶撞什么。

私下里，孟鳖请表哥喝下几杯酒之后，懊恼地对表哥说："我哪里是去找鸡哟，红姑又不是鸡！"

"卖那种东西的女人，不是鸡是什么？再说了，不是鸡，你找人家做什么？！"表哥一副见惯不怪的不屑。

喝多了几杯的孟鳖，眼睛红红的，直朝表哥摆手："红姑不是鸡，她顶多算是我的情人，或者说二奶！"

表哥一听，抡起一个巴掌，甩到孟鳖的后脑勺："你妈个头，你又不是老板！"

此后，孟鳖跟红姑的关系就开始隐秘了下来，越隐秘，我老爸要做的事就越多，也就越让老乡们不爽。好在，我老爸是一个脾气很好的"鳖"，那些人再怎么不爽，最多就在自己嘴巴里塞把花生米，哑摸哑摸就过了。

3

嗑瓜子的爱好，除了给我老爸留下一个"撒瓜子"的癖好，同样也给我带来了一个不良习惯。坐在座位上，一节课还没上到一半，我就因为嘴巴过长的孤单和安静，导致丧失了听课的耐心。我开始屁股如坐针毡，嘴巴行动起来。我会去骚扰隔壁的同学，撩拨他们说话，屡屡受到老师的警告之后，就只好自己玩自己的嘴巴——经常口里小声地念念有词，或者用上下嘴唇相互做游戏，动来动去，片刻不肯安宁。老师三番五次地对我用了各种惩罚，各种教育，都没有办法吓怕我这个不良习惯。最后，班主任给我下了个诊断，她对我老爸说，你这个女儿，有多动症，最好带去医院治疗。我老爸一听，就笑了。他对我们老师说，我这个女儿，平时最不好动，理都懒得理人的，邻居和老乡们都认为她是块木头，她还会犯多动的病？班主任觉得跟我老爸这样的没文化人基本上说不清楚，就放弃了。她放弃我老爸的同时，也把我放弃了。她把我单独放在一个"孤岛位"上。

"孤岛位"是一个特殊的位置，在教室的后边，所有桌子横竖都对齐之后，离开这些桌子方阵的一米多远，独独单列出了这么一张桌子。这样一来，我的前方即使着人山人海，都似乎与我无关了。

这个离开同学们一米多远的"孤岛位"，不仅让我和班级里的同学都隔断了，而且还使我出了名。我们学校有个最喜欢跟女同学开玩笑、互相追逐打玩的男体育老师，每次见了我，都用很特异的眼光看看我。有一次，我路过学校教工娱乐室的窗口，那个体育老师正在跟几个其他班级的女老师打乒乓，他们说说笑笑，声音很大，被我听到了。原来他们正在议论我。那个体育老师说，像王蓉这样的女孩子，我见多了，从小嘴巴就飞七飞八的，长大以后，下面的嘴巴肯定也一样飞七飞八的。他这么一说，其他那些女老师就一边笑，一边用手去打他。

嘴巴还分上下？我觉得很纳闷儿。虽然不理解，但是我知道老师们肯定是在拿我当笑料，我难过得要命。回到家，我动不动朝老爸发脾气。我老爸就把我带到石牌村那条很热闹的女人街，让我自己挑了一件十五块的小花吊带背心。我已经六年级了，虽然个子不算高，但是，我穿上吊带背心，看上去，跟街上那些同样穿着吊带背心，化着妆的大姐姐们，相差也不算太远了，只是，我那两条裸露出来的手臂，实在是太细了一点。我穿着新买的吊带背心，对着镜子，将手臂曲起，对镜子挥了挥拳，心里暗暗鼓励自己：王蓉，加油哦，很快你就比她们更漂亮了！漂亮起来就不会被人笑话啦！这样一加油，我对自己的未来立刻充满了信心。

我老爸早就明白，买东西是使我高兴的一个绝招。我敢打赌，要是我老爸能挣大钱，他一定会带我到大商场给我买很贵的衣服，也会天天带我到心爱的麦当劳。可惜我老爸是个保安，他永远只能给我买比正版货少一个字母的东西。唉！不过我并不对我老爸抱怨，只要一想到管山那些破破烂烂的小孩子们，我就觉得我老爸还不错，是他把我带到广州来，并且他也跟我一样，再也没想到要回管山。

等等吧，长大了肯定有钱！这句话不是我说的，是孟小军，那个孟鳖的儿子。他一边说，一边嚼着口香糖。这个跟我同岁的家伙不知道为什么，总觉得他现在没钱仅仅是因为他还小的缘故。

周末，孟小军会跟他老妈从龙洞那边过来乐运小区。他老妈来给孟鳖搞卫生，他就过来"提款"——他每周可以到他老爸这里领二十块零花钱。一领到钱，他就跑到石牌村，有时候找我玩，有时候就到网吧。在一天之内，无论身在何处，消失了的孟小军必然会有两个时间又出现在家里——午饭和晚饭时间，准时准点，一次也不误，一旦吃好了，就又立即跑出去玩了。他老爸气愤地敲他的脑袋，说他，就懂得回来吃饭，什么事情也不帮忙做，给那么多钱给你，你不在外边吃饭做什么？孟小军看着他老爸说，钱是零花钱，又不是吃饭钱！把他老爸气得够呛。偶尔一两次，他老爸老妈实在不想做饭，就让孟小军在外边帮买盒饭回来，孟小军想都不用想，就说："买盒饭没问题，要附加百分之十的外卖费！"他老爸事后到处自豪地跟人说，这个卵崽，以后肯定能做大事！

言下之意就是，以后肯定有钱！

孟小军学习不是很好也不是很坏，不过由于他无时无刻都在嚼口香糖的样子，总给人小痞子的印象。其实，他长得比孟鳌好看多了。他有两只大大的眼睛，眼睫毛又长又翘，额头前斜斜撇向右并且懂得拐弯的刘海儿总是长长的，几乎将眼睛都遮盖住了。孟小军这种发型叫"非主流"。在我们学校男生里边，几乎人人留这样的发型。就像我们女生，长头发尽管千篇一律被学校要求扎起来，但是，整齐的刘海儿两边，一定各有一小缕头发飘荡在耳朵跟前，有了这两缕头发，才能算是"非主流"。

发型是我们在同学当中相互认证的一个标志。两个梳着"非主流"发型的人碰到了，无论认识不认识，他们最起码都是一国的。

我和孟小军也是一国的。

孟小军比我钱多，所以，每次他到石牌村来找我玩，都是他请客。吃一元一串的麻辣烫，吃一元半一串的烤鱿鱼，喝两元一杯的珍珠奶茶。有的时候，他还带我到网吧，上网玩游戏。由于他长得比较高，小学六年级看上去就像个中学生一样，再加上一边嚼口香糖，一边玩弄着老爸给他买的那只二手索爱音乐手机时，看起来显得很有派头，也会使网吧管理员忽略了他的年纪，让他带着我到里边玩个够。

将零花钱都花光之后,我们就会在石牌村东逛西逛。有一次,逛到红姑那家成人用品商店旁边,我忽然一阵冲动,问孟小军:

"你敢不敢进去?"

"为什么不敢?里面又没有鬼!"

"那你敢不敢进去,对那个柜台里的女人喊一句话?"

"什么话?"

"你——是——鸡!"

"那有什么难!"

说完,孟小军从口袋里掏出最后一片口香糖,放进嘴里,迅速地嚼了几下,然后,大摇大摆地走进了小店的门。

由于小店又窄又深,而且里边只装了些暗暗的红灯,所以,孟小军一迈进店门没几步,我在外边就几乎看不见他了。仿佛他懂得玩穿越,进了这个门,就穿越到了秦朝或者是外星球去了。

没过一会儿,我果然听到孟小军在暗处大声地喊出了一句话:

"你——是——鸡!"

然后,我就听到了一阵脚步声。

很快,孟小军从暗到明紧接着出现在我身前,抓起我的手,拼命地向前跑。

我一边跑一边觉得兴奋和紧张。跑了几步，就听到后边传来一个女人凶狠的声音——

"我要是鸡，你老爸就是龟公！去你妈的死龟公蛋！"

我们以为她要追出来，跑得跟不要命似的。一直到确认安全了，我们才敢停下来。

"这个死八婆，好凶啊，我只不过喊了一句，她就追出来骂！那么大声，满街都听到了！"孟小军气喘吁吁地说。

此刻，我的心里爽透了，有一种报了仇解了恨的舒畅。

"嘻嘻，可能今天她大姨妈来了！"也许是心情太轻松了，说出这样的话，我竟然一点都不觉得害羞。要知道，六年级的时候，我还没见过"大姨妈"呢。

没想到，这件让我报仇般快乐的事情却使孟小军遭了殃。他被他老爸狠狠地打了一顿，最后他还供出了是我教他喊那些脏话的。

"我靠，那个死八婆，居然添油加醋，我只喊了一句，她竟然向我老爸告状，说我骂了她好多脏话。"过后孟小军愤愤不平地对我说。

可怜我老爸，被孟鳖叫到了他房间，目的不是告我的状。他认定我之所以会对红姑说那些下流话，是我老爸教的。他威胁我老爸，要是再听到有下次，我老爸享受的一切优越待遇全都取消，别说每天五点半离开半小时，就算是半分钟也不给!

实际上,到目前为止,孟鳖给我老爸的"一切优越待遇"也就是那半小时而已。不过,恰恰是这半小时,让我老爸在孟鳖面前完全失去了个性,他即使被孟鳖骂得很惭愧,很没面子,但也不过就只是扯着张勉强的笑容,朝孟鳖道道歉,点点头。

相比起老爸这一次被威胁,更为严重的是接下来发生的一件大事。

那天,也是星期六,孟小军又来找我玩。我们像往常那样,吃了零食,又在网吧玩了游戏。这次的游戏玩得特别郁闷,打联机 CS,遇到高手,我们屡屡挂掉,有好几次,竟然被射到连抬头的机会都没有。从网吧出来之后,我们也没钱吃东西了,只好慢慢地穿过石牌东路,回家。

石牌东路周末简直就像管山的赶集日。在人行道上,到处都站满了走鬼,一个小塑料布摊在地上,一只大旅行包敞开,一辆破单车架起来……卖什么的都有。他们一旦听到有通风报信者大声叫"走鬼",便迅速地卷起东西四下逃窜,逃到市场里,逃到巷子深处,逃到公共厕所里的都有。对于这种情况,我们见惯不怪。

无聊的我和无聊的孟小军,决定在石牌东路上玩一次游戏。

"走鬼啦!走鬼啦!"

189

孟小军嚼着口香糖，在人群里叫了几句，然后带头跑动了起来。

他一喊，引起了强烈的骚乱。现在回想起当时的场面，孟小军那几声喊叫，就像触动了沉睡的怪物的某根神经，一惊醒起来，简直是令人难以想象的混乱！

下游的小贩们由于不明就里，听到喊声，马上熟练地收拾起东西，驾轻就熟地朝早已经瞄好的安全地段跑。没想到，上游的小贩们很快发现了那个在人群中奔跑喊叫的孟小军，仅仅是个小屁孩，而且这个小屁孩一边喊还一边忍不住地露出了恶作剧的笑。

在我还弄不清楚到底发生了什么事情，已经离开我有十来米远的孟小军，就被一群小贩围住了。他们知道这场虚惊是来自这个小屁孩，愤怒地将他揪了起来。

我吓死了。我在脑子里迅速地想办法。好在这里离乐运小区很近，在他们开始嚎叫着要教训这个小屁孩的时候，我拔腿就跑，跑回乐运小区，找我老爸。

当我老爸和孟鳌以及一大帮保安赶到石牌东，孟小军已经明显被打过了。他蹲在地上，狂哭不止，额头上那一撇长长的"非主流"头发完全垂了下来，几乎盖过了他吓得苍白的脸。

孟鳌和我老爸以及一帮保安，穿着乐运小区的保安制服，朝围观着的人凶恶地吼了起来。不知道是因为孟鳖他们那一身制服起了一定的震慑作用，还是他们打了小孩理亏的缘故，又或者是做生意的人不想惹是生非，人群很快就没了声音，并且四下散开。

由于找不到打人的人，孟鳖他们有力也没处使，只好带着孟小军，一路骂骂咧咧地回家了。

当孟鳖再次"调查"到孟小军这次惹的祸，又是跟我在一起，他恼火死了，不管三七二十一，硬是认为我指使孟小军干了这件蠢事。

这一次，孟鳖不仅狠狠地骂了我老爸，而且还狠狠地骂了我。他对我老爸说，你那个缺教的伢，她要成个烂女我不拦她，千万不要来搞到我伢，我伢子以后是做大事的人，你那女伢，迟早是要烂苹果心的。

我老爸没想到孟鳖会骂出这么难听的话。在管山话里，骂女人烂苹果心，比广州话骂"丢你老母嗨"还要难听，大概苹果心就是指女人的那个地方吧。

我老爸的脸通红通红的，他抬起头，看着孟鳖，憋出了一句话——孟鳖，关伢子么事，伢子还小，哪里懂得会搞出这么大的事？

"不关她事难道是我伢子的事？上次也是她，教我伢讲那么多下流的话，不要脸！我看你趁早把她送老家算了，过一阵,被人搞大了肚子都不知道是谁!"

话音刚落,我就看到老爸"噌"地冲到他跟前,飞腿一脚扫过去。因为腿抬的幅度很大,我在旁边,能清楚地听到我老爸裤兜里揣着的那把瓜子,发出了稀里哗啦的声音。

孟鳖和我老爸扭打了起来。小区里刚好路过的住户以及闻声而来的保安、工作人员们也围了过来。那些"鳖"们将我老爸手手脚脚死死地抱住了。也有一些人过去抱住了孟鳖。老爸那张涨红的脸上,看着并不像打架的人那种凶恶。他那双一直盯着孟鳖的眼睛,与其说是暴力的,不如说是生气的,只不过,我从来没有看到过老爸生那么大的气。

4

打架后的那天晚上,我老爸跟来运鳖又在门口的走道上,抽烟,嗓门大大地聊天。他们说的每一句管山话都传进了我的耳朵里。

我老爸回忆起了几十年前,在他十来岁的时候,他老爸,也就是我管山的爷爷,为了一块肥猪肉,跟生产队队长干了起来。起因就是我老爸跟生产队队长儿子的一场争夺。

那天是村里的墟日,我爷爷带着我老爸赶墟,逢上一户人家娶媳妇,我爷爷看我老爸嘴巴馋死了,实在不忍心,就从箩筐里摸出几只计划着带回家给我奶奶拜祖坟用的油糍粑，问人讨了几张红纸，把油糍粑染染红，变成了婚嫁送礼用的红油糍粑，然后带着我老爸混进了结婚酒席。那个时候，是20世纪70年代，即使是结婚酒席，也罕见几点肉星，所以，当我老爸在饭桌上好不容易发现了一块肥猪肉，并且迅速地伸出筷子夹住了它，并且准备往自己嘴巴运送的时候，半路居然杀出了一双筷子，生生劫走了那块快到嘴的肥肉。

十来岁的老爸沿着那双筷子望过去，就看到了已经开始咀嚼那块肥肉的生产队队长的儿子，一个块头比自己大许多的少年。然而，一块肥肉在那个年代的诱惑力，以及少年气盛的不可欺侮，使我老爸不自量力地向生产队队长的儿子挑战了起来。

我老爸在讲这些的时候，我坐在房间里一边听，一边竟然在脑海里，动漫一般地出现了那些打架的场面。那些人物，都是以游戏中的卡通人物形象出现。我老爸矮矮瘦瘦，长得很清秀，眼睛嘛，还是我喜欢的那种大大的，他的头发染成了金黄色；而那个生产队队长的儿子呢，虽然比我老爸高大，却贼眉鼠眼，颧骨高高，形象极其丑陋，他说起话来既大声又霸道。我不仅想象了，而且还用动漫卡通语言来配了音。

我在心里为我老爸对来运鳖回忆起的那场他在十来岁时的打架进行了现场直播。

结果，当然是我老爸输了。我老爸一输，也体现出了一个少年的必然反应——像白天的孟小军被小贩们打过后，狂哭不止。我老爸一哭，我爷爷就站了出来，他要为我老爸讨公道。我爷爷跟生产队队长就干了起来，直打到双方都见了血。几年后，我爷爷跟生产队队长一伙人到山上捡灵芝，不知道为什么议论起那次打架，他们俩到头来谁都不肯认输，后来，仗着酒意，他们在山上，让乡亲们当裁判，进行了一场摔跤比赛。

嘻嘻，来运鳖啊，想起来都奇怪，天下就没有一个老子不为儿女打过架的呢！

是啊，开成鳖，我小时候也到处闯祸，我老爸替我吵架打架，不知道有多少次。我老爸是个急性子，一吵就要打，打又打不过别人，还是忍不住要打，搞到经常有伤。

这两个"鳖"开始回忆童年，顺便又回忆起了管山。我头一次从我老爸嘴里听到那么多有趣的事情。他小时候的，管山爷爷奶奶的，管山大伯的……以往，我老爸跟人也经常说起管山，不过，那个管山都被还不清的人情债和断不完的家务事压得重重的，一点都不好玩。

唉，也不知道老头子现在么样子了？我老爸长长地叹了一口大气。

嘿，我老头子昨天还跟我通了电话，说才到县医院去换了一排新牙，七十多岁的老头子，还要换牙，吃东西一点都不能输的！

哈哈哈哈……

听到屋外这两个"鳖"快乐的笑声，我也在心里偷笑。我的笑，更多是因为知道了我老爸居然为一块肥猪肉跟人打架，还连累到我爷爷也参与了战斗。我在想，要是我认识那个十来岁的老爸，我们一定可以玩得很来，我甚至可以教他怎么将那块肥猪肉从那个笨蛋嘴里骗出来！

老爸和孟鳖的矛盾，导致我老爸没有了每天半小时的"优越待遇"，我在六年级的下学期，要每天自己一个人穿越那条又深又暗的隧道。

我老爸说，要是害怕，就大声地嗑瓜子，把瓜子嗑得响响亮亮的，肯定没事。我老爸总是这样的，从小到大，只要遇到一些他解决不了的事情，或者遇到我在某个要求得不到满足大哭大闹的时候，他就会掏出一把瓜子放到我手上哄我，或者自己在一边沉默地嗑起瓜子来。仿佛嗑瓜子真的成了他解决问题的一个药方。所以，每天上学之前，我老爸坚持抓一大把瓜子放进我的校裤裤兜里。

实际上，在穿过隧道的时候，我哪里还有嗑瓜子的心情？一进入那个人又少光线又暗的地带，我绝对就要开始奔跑。

我从东入口,一直奔跑过隧道,再奔跑到西出口。每次都如此。我一奔跑,我的裤兜里也发出了像我老爸裤兜里常常发出的那种沙沙沙沙的声音。听到这些沙沙沙沙的声音,我觉得我老爸就在身边,跟我一起奔跑,或者说在跟我比赛谁跑得快。这声音一响起,很奇怪的,我居然就不那么害怕了。

自从我独自穿越隧道之后,我老爸就规定我每天放学回家,绕一个小弯,经过乐运小区的东门。这样一来,让他看到我,他才能放下心。

每天,我成功地从隧道口出来之后,总是会迈着得意的步伐,朝乐运小区东门走去。还没到,准能看到我老爸站在东门的外边,伸长了脖子,远远地朝我这个方向望过来。一看到他,我更得意,故意走得慢悠悠的,还不时伸手到裤兜里摸出几粒瓜子来嗑。有时候,将那些瓜子壳攒在手心里,等走到他的身边,我就伸出手来,我老爸就明白了,笑嘻嘻地,一张大手一摊开,便接住了那把瓜子壳。有的时候,我手里什么都没有,还是握着拳头将手伸过去,他摊开手要接,我问他,有?没有?这个笨蛋十有八九会猜错,他一猜错,我就哈哈大笑,我一笑,他仿佛就更乐了!当然,很多时候,我会懒得理他,就算经过他,既不说一句话,也不看他一眼,他也依旧那样笑嘻嘻的。要是小区里那些"鳖"们看到这样的情景,准又会说他天生命贱,养了这么个怪女儿,竟然还当成个宝贝。

比我能够摆脱对隧道的恐惧更值得欢喜的事情，是我老爸因此而摆脱了对孟鳖的服从。他不再每天捏着两双油汪汪的油条放到孟鳖的窗台上，更不会再替他喊着那些不标准的口号出操，更更不会再帮他把盒饭带到红姑那间污七八糟的小店里。他轻轻松松地站在乐运小区的东门，安心地做着保安的分内事，分外的那些事情，他一概不理。

我老爸一轻松，孟鳖可就不轻松了。他开始密切监督我老爸，坐在小区正门保安岗亭的几个视频屏幕前，他独将东门的那个屏幕放成全屏，那样，我老爸就清清楚楚地站在电视里，他那些没事爱撅瓜子、哼小曲甚至是抠鼻屎的动作，都一一被孟鳖看在眼里。只要这些动作过于频繁或者说过长时间地持续，我老爸腰后别的那只对讲机就会咔咔咔咔语音不清地发出了声音——东门，东门，老王，你注意自己的形象，不要搞那么多小动作，听到没有？听到没有？

我老爸一听到这些声音，就会自觉地朝头顶上方的摄像头望望，盯着那只黑乎乎的小孔看上一会儿，仿佛那就是孟鳖的眼睛。

我老爸知道，孟鳖老是针对他，并不是因为我闯的那些祸，主要是他再也不帮他送盒饭给红姑了，这让孟鳖感到无比烦恼。

现在，午饭后，人们会看到孟鳖用一只黑色的塑料袋包起一只盒饭,卷得小小的,夹在自己的胳肢窝下,两手插在裤兜里,装作什么也没拿,急急忙忙朝石牌村走去。小区里那些"鳖"们看到他这个样子,都在私下里打赌,要不了多久,孟鳖肯定受不了,肯定要跟那只鸡分开。

5

"东门,东门,听到没有,听到没有?"

孟鳖的声音,常常毫无防备地从我老爸腰上的对讲机传来。我老爸总是慢吞吞地,一点都不急着回应,权当是信号不好,没听到。我老爸一不应答,孟鳖就在他腰上不断地喊,喊得快要发火,人就打算要冲到东门来了,我老爸才懒洋洋地把对讲机从腰上取了下来,喂喂地回答起来。对于老爸这种态度,孟鳖也拿我老爸没办法。相比从前,我老爸守东门更加尽职了。他每天除了上厕所,哪里都不去,就守在东门,礼貌对待业主,还热心地帮业主抬一些重物。由于我老爸一副憨憨的样子,人气也旺,不少业主有闲会在东门边上停留几分钟,跟我老爸说说话。

小区里有些早就看不惯孟鳖的人,对我老爸敞开了怀抱,欢迎这个曾经是孟鳖的小喽啰回到他们的"组织"。在他们看来,我老爸对孟鳖事事顺从到事事懒散的转变态度,是对孟鳖一次有力的背叛和打击。他们说，蚊子再小也是肉长的，连最老实的开成鳖都跟他翻脸了，这个鸟人，迟早要当不成队长了。

我老爸对孟鳖当不当队长一点都不关心，然而，他却并不拒绝那些人为他敞开的怀抱，相反，他在这怀抱里待得舒服温暖。他感到了多年来作为一名保安所没感受到的成就感。

这些成就感，具体来说，是从我老爸腰上升起来的。每当孟鳖用对讲机，叽里呱啦气急败坏地呼叫我老爸的时候，我老爸除了对这些声音充耳不闻，要是恰好遇到一两个"盟友"就在身边，他会把腰挺得直直的，主动地走近去跟他们说话，将孟鳖那急躁的呼叫声，轻松地带到他们面前，让他们看他对腰上的声音是多么的不耐烦，多么的不在乎。

在这些"盟友"的鼓励之下，我老爸是多么得意啊。照这个样子，要是时间可以倒流，我老爸可以重新回到三十多岁，他一定不会甘于守在那个没前途的东门。

"蚊子再小也是肉长的。"我老爸现在时常把这句方言挂在嘴边。来运鳖搞不懂了，就反问我老爸："难道你就不是肉长的？什么东西不好做，要去做一只飞蚊？"

有一天中午，我老爸腰上的对讲机又开始咔咔咔咔地发出了声音。这一次，孟鳖让我老爸到办公室找他。我老爸回答他说，现在是上班时间，走不脱。孟鳖说，就十分钟，我让刘森到东门顶你一下，你快点过来，找你有急事。

我老爸只好慢吞吞地离开东门，到孟鳖的办公室去。谁知到了孟鳖的办公室，孟鳖又指他到自己的宿舍里去。

转来转去，最后，到了孟鳖的宿舍里，孟鳖对我老爸的态度竟然一百八十度转变，仿佛对讲机上的那个孟鳖是假的替身，而在宿舍里的这个真身，竟然用带着请求的语气，让我老爸终于搞明白——孟鳖是让自己下午陪红姑到医院去。去医院做什么？陪红姑做人流手术！

我老爸一搞明白，就像身上安了弹簧一样，从孟鳖的身边弹了开去。他摇着头，径直往宿舍门口走出去。

孟鳖一把拉住我老爸，软软地求了起来。他说，要是他去医院，被人看到了，就搞大了，搞不好要传到他老婆那里，搞不好老婆孩子都不要他了。又说，要是没人陪红姑去医院，她一闹起来，小区都知道了，搞不好饭碗都保不住了。

我老爸生气地说，那又怎么样？关我么事呢？是你搞女人又不是我搞女人！

孟鳖好说歹说，跟我老爸拉拉扯扯，并做起了我老爸的思想工作。

"开成鳖啊，我们都是老乡，又在同一个小区上班，而且，还那么巧，我又刚好负责管理你们，要是你这次不帮我，恐怕以后，会很难管理啊。"

我老爸一听这话，拉扯的力度仿佛减弱了些。孟鳖感受到了这些力度的减弱，连忙继续说了下去——开成鳖，我们都是从管山那个穷地方出来混饭吃的，难道谁还愿意看着谁又回去过穷日子？你和我，四十多岁了，没了这里的工作，出了这个小区，就连搬运工都找不到来做！你伢跟我伢同岁，读完书以后在广州找个工作，成个家，有间屋，到时候，我们就是业主的老爸啦，你说，当业主的老爸好呢还是当业主的门卫好呢？

我老爸知道孟鳖比自己能扯，所以，他坚决不搭话，他想，我说不过你，我不回答，那也等于你说不过我！

我老爸被孟鳖强行留在宿舍里。孟鳖既向他道歉，又向他诉苦，他想走也走不脱，只好坐了下来。听着听着，我老爸就从裤兜里摸出一把瓜子，嗑了起来。

我老爸一嗑瓜子，孟鳖就给我老爸接水喝。

孟鳖看我老爸不着急走了，心里就放松了，似乎对整件事情有了把握。孟鳖跟我老爸说起了很多心里话。他说，其实，他也不知道红姑肚子里的孩子是不是他的，但是，有什么办法呢？她硬说是。唉！等这件事了结之后，他就是闲得在家数卵毛，也再不到红姑那里去了，打死都不去了！

我老爸看着孟鳖瘦衰衰的可怜样子，又听到孟鳖说要在家数卵毛，他心里觉得好笑，随即一股解恨的笑声随着他喉咙那口浓痰滚了出来。

我老爸一笑，孟鳖就完全松懈了，他一松懈，就恢复了以往的得心应手，也嘿嘿笑了起来，冲我老爸说，我知道你会帮我的，你帮了我也等于帮了红姑，再怎么说，她以前肯定也喂过你几口，是吧？

没想到，我老爸一听这话，当即翻脸。他从凳子上一蹦起来，二话不再说，就朝门口冲了出去。孟鳖都还没想明白自己到底哪里说错了，我老爸已经打开了宿舍门，走了出去，嘴上骂骂咧咧着，一直朝东门走去。

我老爸回到东门站岗，哪里都没有去，就牢牢地守在那里，直到黄昏降临。

其间，孟鳖在老爸的腰上发出过好多次呼叫，我老爸都没有理会，他的脸黑沉沉的，好像明白着被孟鳖揩了多少油，他吃了多大的亏一样。

那个下午，小区里值班的保安们都知道我老爸跟孟鳖发生了争吵。老爸的那些"盟友"，四处探听情况，以了解我老爸跟孟鳖拉开"战事"的原因。当他们围在我老爸身边，我老爸终于憋不住，将孟鳖要他陪红姑去医院打胎的事情说了出来。他们即刻对孟鳖这种龌龊的行为进行七嘴八舌的指责，并且坚定不移地表示站在我老爸这一边。

"他以为他是谁啊？自己拉了屎还要别人帮擦屁股？"

"别理他，让那个女人来闹最好，一闹，他那队长肯定就被撬掉了！"

"真是的，这种说都说不出口的事情，还让别个来帮，真当别个是傻子啊？"

……

在这些声援之下，我老爸顿时觉得豪情万丈，他像是一名领袖，斩钉截铁地对大家说："你们在这里给我作个证，今天下午我要是到医院去，我王开成就是乌龟王八！"

说完，他把腰上的对讲机抽了出来，一关，就扔到了岗亭里的桌子上。

孟鳖见我老爸对他的呼叫始终无动于衷，没过多久，便气鼓鼓地走过来东门。

我老爸就当没看到孟鳖，继续站在那里，一副管他三七二十一的架势。

孟鳖少见我老爸这副英勇就义般的模样。当他一站到我老爸的身边，还没说话，很快就能感觉到我老爸的神气来自何方。因为他发现了分布在东门周围的那几个"鳖"。他明白，这几个人一直是他眼中的钉，是整个保安队伍里的"刺儿头"，最难管理了。他万万没想到，这个老实巴交、一向不爱惹事的老王，竟然也"投靠"了他们，并且由于"投靠"

了他们而变得不服从、难管理起来。想到这里,他更来气了。他既是对我老爸,也是对周围的那几个"刺儿头"恶狠狠地说,老子今天就看你能站多久,有种你一秒钟都不要走开。

我老爸也朝着孟鳖恶狠狠地说:"今天下午我要是离开东门一步,我王开成就是乌龟王八!"

说完,他用眼睛瞥了几眼在东门附近的那些"盟友"。那些人为了给我老爸作证,也为了看一场好戏,一直散落在离我老爸不远的周围,不肯离去。

孟鳖和我老爸,两人赌气地,齐齐站在东门口。

眼看着,小区里进出的人越来越多了起来。那些人跟平常一样,手里拎着菜,肩上背着包,他们迈着一天工作之后的疲劳步伐,跨进了东门。他们哪里有工夫去察觉这个跟自己擦肩而过的保安脸上,升起了跟往日不一般的笑容;他们更不会有兴趣去了解,这个多年来如一日地对他们迎进迎出的保安的内心,此刻,是如何在翻腾着汹涌的波涛。

过了一段时间,我老爸的呼吸开始急促,脸上的表情明显很不自然,似乎在忍受着什么难以抑制的状况。而且,他的两只脚相互交替地换着重心,屁股夹得紧紧的,拳头也不自觉地握了起来。

又过了一阵,不仅是孟鳖,就连那些稍微远一些的"盟友"们都感觉到了,我老爸的意志并没有先前那么坚定,他的身体开始摇摇摆摆站不住,他的眼睛东张西望似乎在寻找着什么,他的神情是那么的着急难耐。

孟鳖看着我老爸,以为他累得站不住了,脸上露出了一丝得意的微笑,说,一秒钟也不能走开,哼,我看你到底撑到什么时候!一边说,一边还轻松地做起了上下立蹲的运动。

没想到,孟鳖在我老爸身边,那样地一立一蹲,一立一蹲,终于让我那可怜的老爸崩溃了。只见他脸上冒出的汗,迅速地聚集到了他的鼻翼,那些汗珠已经无力攀爬了,绝望地滚了下来。如同那汗珠的滚落,我老爸也落荒而逃。他用两只手,死死地捂着屁股,像是被谁急促放出去的一根箭,明确地朝乐运小区的工作人员厕所方向逃去。

我老爸一跑,其他人就紧张起来了,一动不动地伸长了脖子,眼睛定定地朝我老爸逃跑的方向望去。

刚开始孟鳖还想不到,为什么我老爸说跑开就跑开了呢?等他明白到我老爸是因为憋不住,冲到茅厕去了,他立刻胜利地开怀大笑起来。

哈哈哈,哈哈哈,屎都憋出来啦!哈哈哈,哈哈哈……

孟鳖指着我老爸奔跑的方向,一边笑一边示威地朝周围的那些人大声嚷嚷着。

你们看,你们看,老王拉屎了,难怪刚才跟他站在一起,一股臭味,怕是拉在裤子上啦,啊哈哈哈……

205

孟鳖乐颠颠地朝那几个"刺儿头"得意洋洋地又笑又跳。看得出来，那几个人对我老爸薄弱的意志失望透了，但是目睹我老爸捂着屁股朝厕所冲去的那一幕，又让他们忍不住笑。失败者是不能笑的。但是，同样意志薄弱的他们最终还是笑了，就好像刚看了一场难得一见的闹剧，不笑，那是不可能的。

　　由于孟鳖一开始就咬定我老爸拉屎了，所以，我老爸"跟孟鳖打赌赌出泡屎来"这样的传闻，很快从乐运小区传到了石牌村。

　　那个放学的黄昏，我像平时一样，以一种炫耀的脚步走向乐运小区。在远处，我既没看到总是像一杆旗插在那里，朝我这个方向探头探脑的老爸，到了近处，我也没有找到总是像个傻瓜一样见到我就笑嘻嘻的老爸。

　　快回去吧，你老爸回家等你了。代替老爸在东门口站岗的，是跟老爸穿着同样制服的另一个"鳖"。当他说到"你老爸"这几个字的时候，竟然都忍不住笑出了声。

6

　　我和孟小军一起在网吧玩过好多种游戏。每一种游戏里，都有朋友和敌人，都有好人和坏人，当然，也都有仇恨。游戏里的对手，只要遇见了，没有任何理由就会仇恨地开火，阻击。我在游戏里扮演过很多角色，解决过很多仇恨，可是，我从来不知道，原来仇恨是有味道的。

仇恨有什么味道？

仇恨有屎味。

那个晚上，我就闻到了仇恨的屎味，在出租屋里，四处环绕，整夜都在。

如果在电脑前，我会用左手摁住那只 Ctrl 键，右手疯狂地挪动上下左右的光标键，将弥漫在家里那些仇恨的屎味射杀得稀巴烂。可是，仇恨只是一股没有形状没有颜色更没有武器的屎味。

我老爸整个晚上，沉默地坐在凳子上，双手无力地垂放在两腿之间。一个人坐在凳子上的老爸，看起来，是那么孤独，那么的没卵用。

我鄙视这样的老爸。我厌恶地看着他。他在家，总是穿着那件西门子电器开业赠送的黄色 T 恤，领子已经被洗得宽宽松松，几乎能同时塞进老爸的两个脖子。我觉得我老爸就跟这件免费的破 T 恤一样不值钱。我怎么会有这样的老爸啊，跟人打赌赌出泡屎！天啊，要是学校里的老师和同学知道了，要是孟小军也知道了，要是……我真的觉得丢脸死了。

我一句话都不愿意跟我老爸讲。吃饭、洗澡、上床睡觉，整个过程，一眼都不想再看到他。

我躺在床上，捕捉着那股跟我玩游戏一般的屁味。这种游戏让我很疲倦，我觉得我快要睡着了。在我的意识还没有掉进睡眠那只巨大黑屏幕的时候，我听到我老爸出门了。他在门外找来运鳖说了几句话，说完之后，就走远了。

很奇怪的，我老爸一离开，那股屁味就逐渐地减淡了，慢慢地消散了。我也就慢慢地睡着了。

要是我知道，我这一睡，就跟我老爸分别了，我一定不会让自己睡着。就算困死，也不会睡去。我一定会像我老爸那天下午死死地守着东门一样，守着我老爸，就算拉屎拉尿也不让我老爸跨出门半步。

可是，我老爸为了将那股仇恨的屁味带出门，带出我的生活，他趁我睡着的时候，去找了孟鳖，并且用一把短刀，将仇恨还给了孟鳖。

在我管山的大伯还没来到广州之前，来运鳖接管了我，他不止一次地懊悔着说，要是那天晚上我能看到你老爸裤兜里装着一把刀，我死都不会放他去找孟鳖的。又说，谁会知道他裤兜里装着一把刀哟，他平常都喜欢把手放在裤兜里，谁知道那里面不是揣着瓜子？唉……

那个差一点被我老爸刺中心脏的孟鳖，躺在病床上，向警察回忆说，他当时一点防备都没有，谁都知道老王平常总是喜欢把手放在裤兜里，所以老王来找他的时候，尽管手一直放在裤兜里，他也没多大在意，直到老王走近自己，手从裤兜里抽出一把短刀，刺过来的时候，他才懂得躲闪……

警察做出的结论是：凶手王开成和受害者孟毛因为白天发生了争执，导致王开成怀恨在心，晚上跑到孟毛的住处，用事先就藏在裤兜里的凶器，蓄意行凶……

孟鳌受伤以后，孟鳌的老婆就辞掉了龙洞那边的家政工作，说是要照料孟鳌。小区里的保安们都说，她是来管理孟鳌的赔偿金的。我老爸砍伤了人，要赔偿损失费。听孟鳌老婆说他们打算申请十万。

天啊，十万块！不仅对我老爸，对整个石牌村里所有的"鳌"来说，都是天文数字啊。他们认为孟鳌这两夫妇太黑心了。

挨一刀就要人十万块？

那个整天在石牌村村口摊开象棋邀请人下并且邀请人下注的老秦，因为长得又黄又瘦，他们叫他"板鸭"。他仗着自己走南闯北，经的事多，没棋下的时候，喜欢跟人高谈阔论。他跟一堆人讨论起这十万块的时候，满脸鄙夷，他说，这孟毛根本就是个法盲！这一刀下去，没伤内脏没伤功能，没掉骨头没掉肉的，哪里就能赔到十万块？做他的美梦吧！"板鸭"还举了他一个亲弟弟的例子。他弟弟在温州做锯木工的时候，不小心把大拇指给锯断了,最后还只是赔了一万三千。"板鸭"说,掉一只大拇指才一万三呀,还是有钱的老板赔的哩!

"板鸭"说这些的时候,来运鳖一直就站在"板鸭"身边。平时,他是最不愿意在"板鸭"身边停留的,因为他爱下象棋,忍不住总要摸出二十块拍下去跟"板鸭"赌,又逢赌必输。所以,身上有几个闲钱,来运鳖就要绕道走,离开"板鸭"远远的。这一天晚上,他就一直站在"板鸭"身边,一边听,一边理直气壮地支持着"板鸭",并且少有地对"板鸭"滔滔不绝的分析表现出了信服。"依我看,别说十万块,恐怕一万块那鸟人也难得到!"来运鳖义愤填膺地对众人说。

要是开成鳖拔根卵毛出来吹口气就能变出一万块,那白送他十根也没问题!来运鳖这么一说,顿时引起了众人大笑。

有人接过来运鳖的话说——真送十根卵毛给那鸟人,怕也会收下来,那鸟人专揩老乡油水的!

是的呗,看他整天在人面前抖叽抖叽的样子,就是个没良心的货色!

说着说着,"板鸭"索性就不下象棋了,跟围在一起的那些人打赌起来,他们赌我老爸究竟要赔多少给那个鸟人。

开成鳖激动地从口袋里摸出了一张二十元,拍到地上那只空的棋盘上,说,我赌——赔一根卵毛!

哈哈哈哈……

据说,就连那个红姑,有一天吃饭后坐到门口来,参与别人议论这十万块的时候,都觉得那两个人下手太重了。红姑当时很肯定地说,一定是他老婆的主意,她认识的孟毛,不至于那么无情无义!

受了伤的孟鳖出院以后,除了他那个物业的表哥来慰问过,没有一个人走进他的宿舍里。这个已经被"鳖"们一致"开除"出管山籍老乡的人,在疗养期间,坐在小区的花园里晒太阳,朝他昔日管理的保安们干笑,却没有人前来跟他多说几句话。

孟鳖的表哥找到孟鳖说,十万块,亏你想得出来,你想得出来,也要王开成赔得出来才有用啊?

孟鳖很不服气地说,要是那把刀,偏个两厘米,我还能坐在这里?早就死翘翘了,十万块,便宜他了,哼!

表哥用眼睛斜斜地瞅着孟鳖,说,你不是还活生生在这里吗?意思一下就行了,你这样闹下去,以后这里的保安都不服你管了,到时候,你就等着收拾包袱回管山吧!

孟鳖一听这话,气焰顿时消了不少。他不服气地问表哥,难道我白白被捅啦?

表哥看他那副死样子,伸出一个巴掌,刮了一下他的脑袋,叹一口气,说,唉,这个小区里,那么多双眼睛都看到了,是你欺负别人在先，难道别人被你白白欺负啦？

孟鳖便没声了，他的脑袋顺着表哥那巴掌的力量，伏了下去。

由于我老爸是自首，减轻了罪行，判了八年。在审判的时候，法庭定下我老爸必须赔偿一万七千元给孟鳖。

听到这样的结果，孟鳖和孟鳖老婆当场就蔫掉了。十万跟一万七，中间相差的，是一个保安几乎整整五年不吃不喝的储蓄生涯！

不知为什么，孟鳖最后竟然提出放弃这一万七千元。他竟然说，都是老乡，算了，赚谁的钱也不能赚老乡的钱，只要自己还能在小区好好工作，那些事，就当放个臭屁放掉算了！

然而，当孟鳖重新回到乐运小区工作的时候，他才明白，原来被人当一只臭屁对待的，不是我老爸，也不是别人，正是他自己。不管是那里的保安，物业部的领导，还是小区的业主，都不拿正眼看他一眼。没过多久，他的表哥也保他不住了，他被业主委员会联名撤职，并且被迫退出了乐运小区的保安工作。

7

跟我老爸分别一样令我感到痛苦的事情，就是我在十三岁的夏天，被迫结束了我在广州的生活。如果没有发生这样的事情，再过两个月，我就可以回到石牌村，升上中学，可以不必每天穿过那条该死的隧道，可以跟石牌村里的女孩子们一起，成群结队地上学放学了。我的痛苦就像四年级的时候在胳膊上种痘一样——一针打下去，又痛又肿，热辣辣的，等到疼痛全都消失之后，那颗痘就永远地凸起在胳膊上，永远无法消除。

我跟随着专门来接我回管山的大伯，在广州火车站上了车。因为不是春运，也不是什么假期，火车站并没有平时那么拥挤。我除了背上背着一个大包，其余的东西都由我大伯拿着。

害怕火车站治安不好，我在手里，紧紧地捏着我老爸留给我的那只旧手机。我老爸在拘留所，穿着一件黄黄的背心出来见我和大伯的时候，除了叮嘱我回管山要好好听爷爷奶奶的话，还叮嘱我，他那只手机不久前才充值一百元，让我记得用完，用完了，这个号码才会自动停机。看上去，我老爸身上穿的那件黄背心，还不如他平常在家里穿的那件西门子T恤好看。其实，在我记忆中，老爸穿得最好看的，还是乐运小区那套深蓝色的保安制服。

离开看守所和登上火车离开广州一样，我拼命地掉眼泪。

我是在泪眼中找到了那两个硬座号码。

3车厢23和24号。那里已经坐了四个人，剩出两个空位置是我和我大伯的。那三个女人一个男人，看上去是一起的。

火车一开动，那几个人就忙着从自己的行李里取出大袋小袋的零食出来吃。他们的零食几乎都占满了眼前那张小桌子。我看了一眼，除了花生、饼干、泡椒鸡爪，就是好几包不同牌子的瓜子。

在他们嗒嗒嗒嗒都嗑起瓜子的时候，我旁边的大伯，似乎也受到了感染，他问我，要不要买包瓜子嗑嗑？

我使劲地甩了甩头。

饮料呢？

我还是甩头。

在我大伯看来，眼前这个小女孩因为跟老爸分别，难过得什么都不想要。于是，这个仅仅跟我见过几次面的大伯，将两手交叉夹到胳肢窝底下，闭上眼睛，打起瞌睡来。

火车窗外，那些迎面而过的山、树、电线杆之类的，像是被前边的一个看不到的什么人用力地狠狠地丢开，丢得那么地毫不犹豫，毫不留情。

我无聊地开始玩起我老爸的手机。这只手机，既没有照相功能，也没有随机游戏，我只好用它来发短信。我给几个要好的同学发短信，当她们搞清楚我是在回管山的火车上给她们发短信的时候，都纷纷奇怪地问我，"为什么要回乡下啊？""你不回来读中学啦？"……

我一读完这些话，眼泪又哗哗地流了下来。

在发短信的同学当中，有一个叫梁子建的男同学，一路上坚持跟我交流一个叫《暗影狂奔》的游戏。这个游戏我玩得不多，他大概目前正玩得狂热，所以到处找人研究攻略。

火车，一点一点地离开了广东，不知道是进入了哪个地方。我想，那肯定是一个跟管山一样破的地方，因为，这里信号忽然变得很差很差，以致我和梁子建的短信久久都不能抵达对方。一条短信发出去，起码半小时之后才能收到回复，有的甚至就发丢了。这种有一搭没一搭的来往，使我在等待里越来越感到难过。梁子建的短信，拉长了我对被火车狠狠抛在后边的广州的留恋，也拉长了我对前方即将到来的那个破烂管山的憎恨。

最后一条短信，我发出去快有四十分钟了，都还没收到梁子建的回复。而那只手机的信号格始终弱得要断气。

我完全失去了耐心，厌烦地看了看车厢里那些人。我那困倦的大伯已经张着嘴巴睡着了。其余的两个女人也头挨着头睡了。剩下一男一女，依旧在嗑瓜子嗑个不停。那个女的，才嗑完手上那一捧，又伸手到一个袋子里捞出一把，边捞边对那个男的说："嗑瓜子虽然可以打发时间，但是也很容易上瘾，一嗑就停不下来的。"

我顺着女人摸瓜子的手看去,看到那是一包洽洽小而香瓜子。百无聊赖,我盯着那只精致的瓜子袋看,读到那上边有几行字:

有这么一群女子
她们细致　体贴　温柔
她们都喜欢　静静地待在那里
用纤细的手指夹食
洽洽小片西瓜子
小小的　香香的

一读完,我的鸡皮疙瘩就起了一片。我靠,这么老土!我差点笑了出声。我又想,要是那个曾经跟我一起玩过游戏的孟小军在,一定会狂笑不已,笑得额头上那缕"非主流"长发全都垮塌到鼻梁上。

又过了一段时间,火车忽然开始减速,并且慢慢地在一个中途车站停了下来。火车一停下来,奇迹一般的,我手机上的信号格就像加了油似的满了起来。我似乎也被加了油,又似乎是接收到了老天发给我的某个信号。尾随着一些下站的旅客一起,我偷偷地下了站。

我的脚一站到地面上,就再也不想回到火车上。我头也不回，一直朝火车的尾巴走去。

我一直走。最后火车自顾自地跑动起来，瞬间抛弃了我。

打死我都不想回管山！在那些纵横交错的轨道中，我试图辨认出一条通往广州的路线。我确信，只要沿着那列通往管山的火车的反方向走，就一定能回到广州。

走着走着，不知道为什么，我在心里很整齐地冒出了两句话——笑，众人陪笑；泪，独自垂泪！这句话再熟悉不过了！这是我最喜欢的一个游戏《求生之路》里那个女巫经常念的一句话。每当那个穿着黑裙子、瘦瘦的女巫成功地干掉一些人，转身离开的时候，必然就会念起这句话来。我一直搞不懂这话的意思，只觉得她一边念一边转身决然离开的样子，很酷！

现在，在我转身离开那列火车的时候，我也在反复地念着这句话：

"笑，众人陪笑；泪，独自垂泪！"

我觉得自己酷毙了！

《钟山》2010年第4期

名家点评

《瓜子》里的少年"我"可以视作"我"到了城市后的化身,身处在一个进退维谷的处境之中:既不愿回到故乡,又难以融入都市。出身管山的"我"老爸在小区当保安,为了"我"能真正进入广州的生活而委曲求全。但实际上,这些进城的山民们与广州是隔离的,不仅"我"在学校里被安排在远离同学的"孤岛位",当门卫的老爸和老爸的上司,那个似乎已经在城市获得立命基础的孟鳖也同样不过是一个个的孤岛。小说中写道:"孟鳖和我老爸,两人赌气地,齐齐站在东门口。眼看着,小区里进出的人越来越多了起来。那些人跟平常一样,手里拎着菜,肩上背着包,他们迈着一天工作之后的疲劳步伐,跨进了东门。他们哪里有工夫去察觉这个跟自己擦肩而过的保安脸上,升起了跟往日不一般的笑容;他们更不会有兴趣去了解,这个多年来如一日地对他们迎进迎出的保安的内心,此刻,是如何在翻腾着汹涌的波涛。"城乡之间的互不理解固然其来有自,而处于底层的门卫之间的彼此压迫和仇视却是乡土伦理崩溃、共同体瓦解的产物。

中国社会科学院民族文学研究所　刘大先 ++++

创作谈

有时候我会想，在当下这个和平年代，那些貌似常态的状态下，涌动着多少想挣脱常态而又颓然失败的理想呢？小说里的"师哥"就是如今的常态，而"小姨"就是那些异数的失败者。如果一条河流可以回溯，我们可以看得见过去，实在难以想象，这两个人的结局会是如此迥异。造成这种迥异的原因是，"小姨"还驻足在过去的河岸上，而"师哥"已经随波逐流了。我觉得他们都是历史的受伤者。我记得大学的时候，我那位八七级的师哥在整理铺盖准备离校的时候，对我说过一句话："你们是留下来打扫战场的人。"这话当时我听得不知所以然，直到若干年后的某一天，忽然就明白了。我们这一代人，生于和平年代，成长一帆风顺，但是我们却隐约知道自己实际上是站在了某个历史的转折点，就像《小姨》里的那个"我"，她既是一个叙事角度，同时也是那个留下来"打扫历史战场"的人，从残存下来的一张画像、半封书信、撕碎的日记本……这些东西里，试图整理并且保存下来。在我看来，每一代人都有每一代人所需要打扫的"战场"，我们也不例外。宽容和理解的心态，这是我最终所要追求的目标——与整段历史的和解。

郭艳、黄咏梅《冰明玉润天然色,冷暖镜像人间事》
《创作与评论》2016年第4期

小姨

我经常听到外婆跟别人讲，小妹啊，已经错过了最好的结婚年龄。后来，我妈跟人煲电话粥的时候，不时也会蹦出几句关于我小姨的话来——别像我老妹那样，错过了生育的好年龄。家庭聚会的时候，但凡说起小姨，似乎每个人都有自己的看法，而这些看法最终都变成了一声声叹息，以及抱怨。我外公固执地认为，小姨念大学，念坏了。据说，小姨上大学前，还是一个很正常的优生，上大学之后小姨就变了。"抽烟、喝酒、打老K，没有理想，不思上进，整个人颓废掉了！"身为一名中学校长，外公说话总是恨铁不成钢。

关于小姨人生历史上的这次重大转变，家里人至今都不能完全理解。失恋？小姨早就澄清了这个猜测。成绩跟别人比，落差大？小姨撇撇嘴很不屑地说："弱智，大学生谁还比这个！"那是为什么？小姨发脾气了："什么为什么，那个时候，人人都一样啊，有什么问题吗？"仿佛颓废是一种时髦，小姨理直气壮得很。

我的小姨生于1970年，八七级大学生，毕业后分配到本省一个偏僻的小城。当年，外公努力想办法要把小姨调回我们家所在的省城，小姨却完全不配合。努什么力呀？在哪不都一样活着？她自作主张卷起包袱去小城那家单位报到。至此，小姨离开了外公外婆的怀抱，邪邪乎乎独自生长。外公说，就像一棵发育不良的歪脖子树。

我喜欢跟小姨待在一起,她似乎对什么都无所谓,松松垮垮,相处起来一点不像长辈。过年过节她会从三百多公里外的小城回来,放寒暑假,外公外婆也会带着我去她的那个小城,跟她住上一段日子。不过,这"一段日子",大抵也不会超过两周的,小姨嫌家里人多,烦。确切地说,小姨其实怕被人管,任何一个他人都会打搅小姨多年的独身生活,这个"他人",自然也包括父母。他们都说,小姨一贯追求自由。在我的理解里,自由是什么?就是没有人管,狂吃鸡翅和薯条,把可乐当水喝,把电脑当书本看。可是小姨想要的自由实在让人看不懂,就像她喜欢的那张画——在小姨的卧室里,摆着一张躺椅,椅子正前方墙上,除挂着一台电视机外,还挂着一张画。小姨说,这是一张世界名画的复制品,名字叫《自由引导人民》。这张画常年挂着,从没更换过。有过一段时间,我不太敢去看那张画,那个举着旗子在战场上指挥人们的女人,上身裙子滑到了腰上,露出两只胖胖的乳房让我很难为情,会不断联想到自己正在像小馒头一样涨起来的胸部。后来有一天,我在美术课本上看到这张世界名画,感到十分亲切,就好像看到了小姨的旧照片。

　　小姨常常窝在躺椅上抽烟,看看画,看看电视。时间长了,头顶的天花板上便洇出了一大圈黄,遇到梅雨天,潮湿格外严重的时候,人坐在躺椅上,会被一滴滴油一样的黄色水珠

223

打中。小姨懒得去擦，反觉得有趣，抬头去数那些凝在墙上的"黄珠子"。

这张画是师哥送的。师哥是大学时的学生会会长，我在小姨的相册上看到过他，中等个子，瘦瘦的，拧着眉头，表情的确很"学生会"，长得有点老。我怀疑地问小姨，很多女同学追师哥？小姨眨眨眼，想了想，说："是的。他当年可是个人物呢，有理想，有信仰，有激情……""噢，师哥现在在哪里？做什么呀？"小姨一问三不知："可能，失踪了……""啊？那么大一个人，怎么会失踪了呢？"小姨迟疑地摇了摇头。据小姨说，师哥大学都没念完，后来，就杳无音信了。

我猜小姨喜欢师哥，不过，是暗恋的那种，小姨会不会因为暗恋师哥，变成了一个"剩女"？如果真是那样的话，那小姨太伟大了。我算了一下，应该有二十年以上了，oh, my God! 我觉得小姨简直就是——虐！

小姨在家里实在待不住了，会带我到游乐场玩一把，玩刺激的青蛙跳、摩天轮，在人群里她的叫声是最尖的。小姨还喜欢刮刮福利彩票，二十块买上十张，认真地问我，小嫣，这张会不会中？我说，中！当然，一次也没中过。"鬼信！"小姨笑着走开了，并不觉得那是输钱。

在玩这方面，我跟小姨是没有代沟的，我玩什么她也玩什么,只是在玩够了回家的路上,小姨一下子就变了,她忧郁地揪揪我的小胖脸说:"人啊,活着都是没意思的,总体来说都是不高兴的,只有游戏里那几分钟时间是高兴的,小家伙,你说是不是?"那个时候,我心里盘算着要怎样才能多吃到一支香芋雪糕。走到一棵大榕树下,小姨说要坐下来,吸根烟再走。刚好附近有个书报亭,书报亭前摆着个雪糕柜,我终于如愿。对着大马路,我和小姨两个人坐在大榕树下,一个手里举着支雪糕,一个手里举着支香烟,各自幸福着。小姨连续抽了两根烟,烟头往地上一扔,脚尖一搓,轮轮手臂,好像跟空气里的谁打招呼:"回家喽!"

回到家,我向外公外婆汇报今天出游的高兴事,外公看看小姨,没了抱怨的念头,俯下身来,摇摇我的手说:"你看,小姨对小嫣最好了,小嫣长大了要像孝敬妈妈一样孝敬小姨哦!"我重重地点头说:"嗯,我长大赚了钱给小姨买烟抽!"小姨笑了。她的眼睛里红红的。

离开小姨家,走到楼下不远,我转头回去看,只见小姨站在三楼的阳台上,挨着两盆芦荟边,右手举在耳朵旁,两根手指做成一个"V"的形状,好像在等人拍照的样子,见外公外婆也转过头来,她的手才垂到栏杆底下。我知道,小姨的"V"字里,夹着根香烟。外婆说:"小妹这样下去,怎么办?总是高兴不起来。"外公看了一眼远处的小姨,狠狠心,扔下一句话:"没头脑,自作孽!"

小姨站在阳台上,抽着烟,目送我们离开的次数有很多,等到有一次,我忽然体会到离别的伤感滋味时,已经十三岁,青春期正躲躲闪闪地在我的身体里抢地盘,而小姨已经不动声色霸占到一个"资深剩女"的地位。

我妈多次郑重其事地对外婆说:"妈,您一定要说说小妹的,女人一定要有个家。不生小孩可以,但婚是要结的!"外婆很是赞同我妈的观点,连连点头,在此基础上她又强调了结婚的重要性。二人在这方面高度一致。结果,外婆长嘘一口气对我妈说:"要不,你去跟小妹说说,你们是两姐妹,你的话她能听得进去。"我妈盯着外婆看了几秒,溜走了。

只要有小姨在场,但凡涉及结婚、生子、老有所依之类的话题,无论谁起的头,都不会有第二人敢接下去讨论的,仿佛当中埋了个地雷。倒是小姨,偶尔会大大方方地接过话题,向大家公布:"我嘛,以后肯定是自己去老人院的,要是能有幸猝死,省了病痛的折磨,那就是积上大德了,要得了大病,半死不活的,我就自行了断,活那么长干嘛?!"她讲得轻轻松松,干脆利落,现场人人面面相觑,无以回应。外婆只好挥动手中的筷子,假假地在她脑袋上敲了一记:"说什么呢,死不死的,在吃团圆饭啊!呸!呸!呸!"小姨朝我扮个鬼脸,给自己塞了一口饭。

有一天,小姨要我咧开嘴巴,研究我的矫牙钢箍,看了看,摸了摸,羡慕地说:"小嫣真幸福,将来会有一排整齐漂亮的白牙。"

在我们的家族里,小姨微微突出的嘴巴是个异类,并非出自遗传,而是后天的龅牙造成的。我妈说,杨天高就是被小姨的龅牙吓跑的。我从没见过杨天高,可杨天高却像我们家族里的隐形人,一有机会就出现。"现在想想杨天高这个人最合适小妹了,可惜了……""这个人长得好像一个人耶,呃,像不像那个杨天高?"……杨天高大概曾经是小姨唯一靠谱的男朋友,虽然他仅仅是个小公务员,但是,我们家里人都认为他曾经是小姨命运的特派员,是专门来拯救小姨的。可小姨却放弃了这根救命稻草。"太麻烦了,谈恋爱,结婚,生子,造一个生命到这个污七八糟的社会再受一次罪,有什么意思?"

外婆拼命做小姨工作:"不是那样的,结了婚,结了婚就会好了,日子总是一天一天好起来的。"

"怎么可能会好起来?学习那么辛苦,工作压力那么大,贫富差距那么大,整个环境那么恶劣!"

"现在比过去好多了,过去我和你爸爸,两个人工资加起来才四十六块钱,养四口人,一根香肠要分成四段,一口就吃光了,你们小时候真的生不逢时,现在可不一样了,不愁吃不愁穿，什么东西都不缺……"

小姨懒得听外婆忆苦，她想说的根本不是这些。

外婆多次严肃地警告外公："小妹的人生观很成问题，很有必要矫正！"

可是，人生观跟人的牙齿何其相似！乳牙更换掉，新牙按秩序刚排列好，牙根还没站稳的时候，对付那几只歪邪、出格的牙齿，我的矫牙钢箍就像紧箍咒般起作用，但要对付一副已经咀嚼了几十年、牙根已经深扎牙床大地的牙齿，任何方式的矫正都是徒劳，除非连根拔起。同样，要想把小姨稳如磐石的人生观连根拔起，除非小姨的脑子被洗得一干二净！可这世界上谁发明过洗脑器？

有一段时间，我妈总把我跟小姨扯在一起。我不止一次偷听到我妈在厨房里悄悄问外婆："妈，您说小嫣将来会不会像小妹那样？"外婆生气地打了我妈一下。"少发神经啦，小嫣又不是小妹生的，怎么可能像？你自己的女儿你都不了解吗？""啊唷妈，我都愁死了，小嫣叛逆得太厉害了，谁都管不了她，啊唷，我现在只要一想到小嫣不听话，整晚都不能睡了……"甚至有的时候，我跟我妈顶得厉害，她也会口不择言，指着我的鼻子大声说出来："你看看，你现在这个样子，牛鬼蛇神，谁的话都听不进去，简直跟你小姨一模一样!"我立即就会顶回去:"小姨怎么啦?我就是要学小姨,我偏要牛鬼蛇神!"我妈气得再说不出话来。

在我妈看来,小姨的叛逆期永没过完,她做法奇怪,想法更古怪,是一个异类分子。除了婚姻问题,她最无法理解的就是小姨的运动方式——独自爬无名山。小姨喜欢找那些无人问津的无名山爬,在爬山的时候,又爱觅偏僻的山路,甚至野路来走。我跟她去爬过一次无名山。那山虽说就在郊区,却极少人去,就像被抛荒了多年的一堆垃圾,连苍蝇都没兴趣钻了,可小姨偏偏喜欢钻那山。沿着一条几乎看不出是路的路,小姨手脚并用,撩开杂草,不时踩平一根顽固的拦路枝条,她熟络地朝前方攀登,胸有成竹,仿佛只有她才知道,无限风光就在不远的顶峰。我跟在小姨后边,沿着小姨踩平的路,一声不吭,只盼望早点下山。好在,这是个小山包,并不需要太长时间,我们就登到顶了。这个所谓的山顶大概也是小姨自己命名的,仅仅是一个稍微宽阔一点的平台,只是杂草少些而已。我呼吸一口空气,环顾左右,看不到任何风光。也不知道小姨为什么要跑到这种破地方!我在心里后悔死了,还不如待在家里看几集《海贼王》!唉,小姨真是无聊。

小姨对爬无名山的兴趣一直不减,任谁劝都不停止。好几次,小姨的手机一整天都处于"无法连接"的状态,我们吓死了，想着，再接不通，明天一早就要跑到小城的无名山去寻人了。好在，通常最终都能听到小姨的声音从电话那边传过来，伴随着一声清脆的打火机响，小姨嘴里便一阵含糊——唔，到家了……

我妈劝过小姨："你这样很不安全，荒山野岭的，要是遇到坏蛋，在那种叫天天不应，叫地地不灵的地方，谁来救你？"小姨耸耸肩，无所谓地说："我这个人，要啥没啥，劫财还是劫色？"我妈哭笑不得，反问她："你说呢，你想劫财还是劫色？"小姨笑笑，干脆地说："财没有，色倒还剩几分，拿去吧！反正荒着也是荒着。"我妈也笑了，推了小姨一把。第二天清早，我妈拉着小姨出门，也不说去哪里，走了十五分钟到时代广场。这是我们城北比较大的一个广场，紧挨着运河边。远远地，就能听到大喇叭吵吵闹闹的，舞曲带来了好多人。我妈直接扯着小姨到东边。那里已经有十来个人在跳舞了，舞步娴熟、轻快。我妈撇撇嘴说，西区那边是老年队，这里是我们的队伍，来，你也来跳跳，很简单的，你不是要运动吗？这种运动最好！说完，我妈就加入到了那十来个人当中。小姨朝西区看过去，那里的人数比东区多出很多，她们不能说是在跳舞了，只是扭动身肢，活络筋骨罢了。

小姨并没有参与到队伍中去，任凭我妈在人群里起劲地朝她挥手。她站在原地，看了一会，开始沿着广场的四边，慢慢地走一圈。她走远了，喧闹的舞曲逐渐被她关小了音量，这时，她才把目光伸向了广场中央的那尊塑像。塑像不是巨型的，无须仰头，就能看到人工铸造的五官和笑容。小姨缓缓走近塑像。塑像就跟小姨站在一起了。小姨才看清楚，在他身上几个呈现弧度的地方，搭着几件运动者脱下来的外衣，在他站直的长腿边，倚傍着几把扎着红缨子的长剑，他垂下来微微握拢的拳头上，塞着塑料袋包裹的几根油条……小姨朝他咧开嘴笑了。一会儿，她绕过了他。她也绕过了那群拍手扭臀，锻炼热情饱满的人们。她从广场的一个缺口处溜了出去……

"老妹这种人，典型一个反高潮分子，这方面到底像谁？"我妈无奈地问。外婆极力要撇清遗传的关系，翻出一个旧相册，指给我们看。一张，小姨穿着双排扣列宁装，马尾巴梳得高高的，手握一本书，表情很是"英雄"。外婆说，这是小妹读小学，参加全省演讲比赛呢。一张，是少女时代的小姨，穿着花连衣裙，站在湖畔垂柳下，跟女同学手挽着手，头稍微侧着，笑容很甜；还有一张，是几排人的合影。外婆戴着老花眼镜，把照片拿远了仔细找，指着第二排中间的那个人说，你看，这是小妹在入团宣誓呢。果然是小姨，右手握拳，举到脑袋边，嘴巴张开，显得挺激动的。"你们看，小妹以前还是蛮合群的嘛！"外婆惋惜地说。

除夕夜，一家人坐在沙发上边看春晚，边聊天嗑瓜子，外婆又拿出那本相册，指着照片对小姨说："小妹，你看你以前，多好。"小姨没吱声，一张张看过去。外婆又叹口气说："小妹，我还是喜欢那时候的你！"小姨就丢下相册跑到阳台抽烟去了。

小姨问了我一个很奇怪的问题："小嫣，你会跳兔子舞吗？""是像兔子那样蹦蹦跳跳吗？"小姨在客厅里，一边哼着曲子，一边把双手伸直向前，脚上随着节奏跳起来，步伐很简单，就是双脚不断地前前，后后，前前……小姨跳得气喘吁吁。她告诉我："这就是兔子舞，双手搭在前一个人的肩膀上，几百人在操场围成一个大圆圈，蹦蹦跳跳，这是我们大学时代的圆舞曲，毕业那一年，一个大圆圈跳着跳着就散了，各自抱头痛哭！""为什么呀？男生也哭？那么多人，一起哭？"我简直不能想象。小姨很自豪地拍拍我的肩膀说："是啊，我们很团结吧！"小姨把我拉起来，说教我兔子舞。两下就学会了。我们两个从这个房间蹦到那个房间，累了，一头扎到床上！我大声地喘着气，而小姨却安静得像睡着了一样，等我凑过脸去看，发现小姨闭着的眼睛，流出了眼泪来。我觉得，小姨肯定是想念师哥了。

后来，我们硬拉小姨到时代广场倒数，十、九、八、七、六、五、四、三、二、一，新年快乐！礼花在天空华丽飞舞，我们在人群中欢呼,直喊得口干舌燥。要散时,才忽然想起一直落后的小姨不见了,也不知道她什么时候挤出了人群,孤单得像电视剧里那些失恋的女主角。

等到师哥重新出现,小姨已经人届中年。干瘦,满脸黄斑,一副烟嗓使她听起来比看上去还要苍老。每天,她沿着护城河,骑电瓶车上下班,烟瘾上来,便把车停下,双脚踮地,点根烟,看河边垂钓的下岗工人。那么多天了,她从未曾见过他们收获的场景,不知道是不是他们从没钓到过鱼,还是,她一向悲观主义者的眼睛里压根儿就看不到生活中的欢呼雀跃?师哥的电话就是这个时候响起来的——这是一个怎么看都陌生的号码。小姨本来不想接的,不过这号码太执着了,那首《秋日的私语》就快要奏完了,钓鱼者都快要转身来抱怨那声音吓跑了鱼。

差点被拒听的这个电话让小姨感到阳光灿烂,一来因为师哥说他出国二十多年刚回,费老大劲儿才找到了她的电话号码,二来,她不断温习这个惊喜的电话后,得出一个结论——师哥没变,如同这个电话一样,执着。谁也不会知道,这种执着曾经难以想象地深深吸引了她,无形地影响了她的人生。小姨执着地燃烧过,又执着地让自己变成了冷灰。如今,二十多年后,师哥如同一只走失的信鸽,翻山渡海,从远方又飞近来了，这只信鸽的翅膀扑扇着，将那堆冷灰腾了起来，在记忆的天空中舞蹈，并试图在滞重的岁月再扬起那种血气方刚的风姿。

那天，小姨要去三亚参加同学会，从小城赶来省城的机场坐飞机。我从没见过小姨这种样子。她穿一条真丝连衣裙，外罩一件崭新的皮衣，隔着饭桌，我都能闻到羊皮的气味。

小姨说起这次将要参加的同学聚会。组织承办者是班上一名体育特招生，成绩差得一塌糊涂，对集体活动却总是热情高涨，他毕业后分到海南，现在是一所私立学校的校长，腰包涨得很，这次聚会，吃住行玩他一人全负担。小姨还破天荒地跟我们提起了师哥。她认为，毕业那么多年，这种同学聚会头一次举办，完全是因为师哥的出现，又把一帮子当年志同道合的人聚在了一起。

"师哥还是相当有领袖魅力的！"小姨说完，想了想，开心笑了。

"那师哥是做什么的呀？"我妈认为那师哥肯定很有来头，竟能指挥一个阔校长包办下几十人的费用。

"呃，师哥在电话里没说，他说这些年一直在法国，回来不久。"

"噢，海归啊，那就是大款喽，成家没？"我妈找到了话题，顺带给我们谈起了现在的婚姻市场行情。据她看过那么多档相亲节目后得出一个结论,小姑娘特别欢迎海归。海归,并不是指出国深造回来的归客,而是指那些在海外市场打拼积累了财富的大叔。"这类人啊,既有成果,又有海外身份,小姑娘们抢得步步惊心呢!"在这方面,我妈一直是家中权威,她的话基本上没人会去挑战。看起来,小姨这一次心情的确很好,她没像过去那样泼冷水,只是从鼻子里哼出了一声冷笑。算是客气了。

我妈在饭桌上高谈阔论。小姨把我扯到一边,掏出一张钱,让我到附近的东利文具店买几副扑克牌。我轻蔑地对小姨说:"小姨你太过时啦,现在没人要玩扑克了,三国杀才好玩。"小姨抬手试图拍我的脑袋,却只能拍到我的肩膀——我已经比小姨高出一头了。"小鬼,又不是跟你玩!我告诉你啊,以前我们班同学打老K最凶了,基本上每个宿舍门口都摆着一摊,不分白天黑夜打,真壮观啊!"小姨是怕同学聚会时想玩的时候找不到地方买,所以买了五副扑克备着,可见小姨是多么盼望这一次聚会啊。

小姨拖着一只亮壳拉杆箱,穿着同样发亮的黑皮衣,出门,下楼。我从窗边看下去,尽管她很快就被楼下的树挡住了,可还能听到那笨拙的"噜噜噜"响的拉杆箱,仿佛她牵着一个队伍。我忽然冒出一个浪漫的想法,我希望小姨从此不要再回来了,就像一个奔向新生活的勇敢女人一样,跟上她那些志同道合的"队伍",在这个广阔的世界上闯荡,干一番有意义的大事,而我呢,熬到明年六月高考结束,书本一烧光,也到这个世界上去,拼命赚钱,赚够钱之后就当个背包客,去旅游去探险,从此自由自在。事实上最近我常常做这种有关自由的假想,而这类假想,无一例外地被现实逐个击破。

三天后,小姨又牵着那只"噜噜噜"响的拉杆箱回来了,她打开它,掏出一大袋东西:大红鱼干、海螺片、虾米、沙虫干……那是同学会的赠品,都纷纷地装进了外婆的储物柜。此外,她还从钱包里翻出一套票券送给我妈,说是度假游的赠券,可以招待一家三口。那是在我们城郊新建的一个生态旅游度假村。我妈看到票券上介绍的项目种类繁多,顿时来了兴趣,连问了一些情况,小姨只轻描淡写地答了一句:"是师哥投资建的。"这简直应验了我妈当时的话!她得意地说:"我就说嘛,海归的这类大款,就是有搞头!"我妈其实还想继续问那个师哥的情况,不过看小姨很不耐烦的样子,只好作罢。

小姨把从同学会上带回的东西全都掏出来了,包括睡在箱底的那五副扑克牌——它们连包装都没拆。

这次外婆硬要小姨多住一天,因为再过五天就是小姨的四十二岁生日了,外婆想提前给小姨庆祝。在我的印象中,小姨是个没有生日的人,因为她一直孤零零地在外地生活,我们都凑不到一起给她过生日。外婆早就想好了，趁小姨这次来，给小姨过一次生日。可小姨坚决不要过生日，她反复说自己从来不过生日的，她对这些仪式感到最肉麻了。我们则在一边七嘴八舌地劝她，像挽留一个过于客气的客人。最后，一直沉默不语的外公从沙发上站起来。我们以为他要下死命令了，谁知他长叹一声，对小姨说："你考虑考虑吧，你妈和我都快八十了……"话说一半就没了下文，自顾朝卧室扬长而去。

在家庆祝生日其实很简单，无非就是晚饭多出了几样菜，打开了一瓶红酒，每人轮流举起酒杯向寿星小姨祝福。我不知道，为什么这么简单的事情，小姨做起来却显得那么尴尬。切生日蛋糕的时候，她干脆久久地待在阳台上抽烟，直到我们把蜡烛点好，灯灭掉，喊她，她才走过来。

看起来，柔和的烛光终于让小姨自在了一些。她会跟着我们一起拍手唱生日歌，逐渐融入我们这个集体。她凝视着那些蜡烛，目光亮晶晶的，仿佛过生日的人不是她而是这只摆在中央的大蛋糕。唱完歌，外婆催促小姨许愿。小姨只好双手合十，闭上眼睛。我发现外婆也双手合十，闭着眼睛，嘴巴动了动，像她在寺庙拜神的那样。

蜡烛吹灭，灯光重新亮起，我们拔蜡烛准备切蛋糕，小姨忽然好像神经发作般，用手在蛋糕上抓了一把，在我们还没能作出反应的时候,她的手往我脸上一抹,弄了我一脸的奶油。小姨这么幼稚的举动跟她四十二岁的年龄以及一贯沉闷的性格太不相称了。我们都感到很怪异,仿佛她被什么灵魂附体。

就像电视里经常看到的画面一样,那个蛋糕被我跟小姨你抹一把我抹一把的游戏浪费掉了。小姨狂笑不已,看上去简直像个疯子。最后,她竟然把整盘蛋糕都盖到了自己的脸上。

无论如何,大家为小姨这突然而至的疯狂感到难以理解,隐隐觉得:小姨一定受什么刺激了。

当天晚上,我跟小姨睡一床。睡到半夜,我就被声音吵醒了。小姨睡的位置是空的,那声音代替了小姨在黑暗中起伏。我一动不敢动,连大气也不敢出,只是凭感觉找到了那声音的所在地——靠墙的那只落地大衣柜。小姨把自己关在那里面,正试图放低声音哭泣。我听了一会,鼻子就酸了。我想,失恋,大概就是这么伤心绝望的吧。可怜的小姨!

几个月后,我在郊区那个"绿岛生态旅游度假村"见到了师哥。他在满墙的大照片里,跟好多人握手合影。那些人,用我爸的话来说,都是些"大人物"。我虽然从没见过师哥,但相比小姨相册中的那个清瘦师哥而言,他变得实在太多了。他已经变得圆乎乎的,正面照,两只耳朵已经看不见了,侧面照,鼻子被深深地埋藏住了,一笑,满脸的肉都在放光芒。

他总爱穿阔阔的唐装，黑的、白的、花的……在不同的相片中，人再多我也一眼就能把他认出来。整个度假中心，随处可见师哥跟"大人物"的合照，出现频率最多的，就是那张巨幅照片：他屈着脊背，在跟一个"大大人物"握手，手腕上戴一串佛珠让我记忆深刻。这些照片一张张看过去，除了几个明星，那些"大人物"我都不认识，可是，我爸却对他们相当"熟悉"，他说，这里边，有新闻联播的常客，有财经杂志的封面人物，还有体育明星、网络论坛的公知分子……"额的神啊"，我爸佩服地说，"这个师哥还真能混啊，什么界都能搭上，太牛了！"

这个度假村其实就是一座山。师哥把整座山都包了起来，温泉、高尔夫、射击场、农庄……要是可以的话，一个星期都玩不完。我妈说，其实这里并不合适家庭度假。那适合干什么？我妈眨巴眨巴眼睛，暧昧地说："适合这些人来，搞腐败！"她指了指墙上的照片，迅速跟我爸交换了一个眼神。

托小姨的福，我们一家三口在"绿岛生态旅游度假村"好好地"腐败"了两天。临走的时候，我们还凭赠券领取了度假村自己研制的农家保健品——两盒标价为两千八百块的绿色螺旋藻。又白玩又白拿，我妈满意得要命。离开度假村时，她望着车窗外远去的青山，怅怅地说，老妹怎么当初就不跟师哥好上呢？

小姨是绝对不可能跟师哥"好"上的，当初不可能，现在就更不可能了。因为，比起师哥的改变，小姨现在的改变更让人可怕——她已经变成了一个中年怪阿姨。原来，反高潮主义者伸出手来制造高潮另有一套，那就是——搞破坏——就像破坏她那只四十二岁的生日蛋糕一样，她把命运分配给她的那部分蛋糕，毫无耐心地一下子捣碎，如同玩各种不同游戏，她从中获取短暂的快乐。比方说有一次，小姨到邮局给外婆汇款，电脑排序票上显示，她还需要等待四十八人才能轮上。反正无所事事，她就坐在大厅里等。等着等着，她发现，很多人拿了号之后，没耐心等下去了，就把票一扔，走人，造成电脑叫的很多都是空号。同时她也发现，在地上，在板凳上，的确有不少还没叫到的号码。于是，她把那些还没轮上的弃票一张张收集起来，遇到刚进门的，看得顺眼的，或老病残弱的，就发给他们。这样一来，一些人没等多久便能轮上了，而那些坐在大厅久等的人们，眼看着这些后来者居上，先是纳闷儿，等他们弄明白是小姨在破坏秩序，顿时感到很生气。个性内敛的人，则在心里对这个中年妇女嘀咕几下，他们认为她肯定脑子坏掉了；而那脾气暴烈者，忍不下就跟小姨吵了起来——

　　"你怎么能这样呢？存心搞乱秩序，你不赶时间，别人可是要赶时间的……"

"我怎么搞乱秩序了呢？我又没有插队，我明明是在维护秩序啊！"

"我看你就是吃饱了撑着没事干！那么有空搞这些，还不如回去搞老公……"

"哈，难道你是总理吗？赶时间何必亲自来排队？叫你二奶来办嘛……"

你一句，我一句，小姨跟一个瘦瘦的中年男人吵得不可开交，眼看着就要骂到各自的祖宗八代，就要推推搡搡了，保安才跑过来……

无人能解释小姨这类无厘头的行为。小姨跟我们这个家庭集体越走越远。当我们鲜有地谈论起她，多数是在回忆些涉及她的往事，然而，即使是一件好笑的趣事，我们最终也会伤感地就此打住。

高考结束的那个暑假，在我准备跟同学一起去北京旅游之前，外公突然把我叫到房间，他让我去小城看看小姨。他说："在这个世界上，除了我们，小姨对你最好了，小姨是个善良的人，这一点，无论什么时候你都要牢牢记住！"外公的话让我想起了那个深夜，小姨在衣柜里哭。这个秘密我一直没有告诉任何人，这是目前为止我对小姨唯一的回报。不过，我也时常感到后悔，我想，我应该打开柜子，坐进去，拍拍她，就像一个成熟人所做的那样，就算一句话也不说。

听从外公的话，我独自乘大巴去小城看了小姨。她正忙得不可开交。写宣传单，制小红旗，一副要大干一番的势头。我的好奇心很快被她那认真积极的样子挑逗起来了，也跟着跃跃欲试。

第二天上午，太阳只升到了半空，温度却已经完全飙了上来。在小区的门口，我的小姨集合了一群业主，共同拉起了一条横幅："抗议政府建毒工厂危害市民安康！"除了这条大大的横幅，他们每个人手里还挥着一面小红旗。这些小红旗是昨天我跟小姨连夜赶制出来的，有一捆呢，我们逢着人就分发。

很快，小区门口就被围了个水泄不通，有本小区的居民，也有附近小区的，还有一些路过的行人，想到这附近即将要修建起来的那个LCD数码多媒体工厂，他们就像被化学废气毒侵般恐惧，他们责无旁贷地参与到其中来，高呼口号——抗议毒工厂，还我生活安康！口号一喊起来，人们的声势便壮大了，听上去像有千军万马。

小区的物业管理者、社区的工作人员闻声而来，试图制止这次集会。无须多追究，他们就确认了小姨是这次集会的领头，所以，他们把小姨拉过去，想要说服小姨。

"这是政府决定的事情，你们这么闹也无济于事啊，而且，还干扰了居民的生活,多不好啊。您说是吧?"

"要闹也别在这闹,行不?这样我们很难办啊,都是住在一个小区的,和谐最重要,别闹了,行吗?"

"要不这样,你们先停止,然后我们跟相关部门反映,让他们给你们一个合理的交代,和平解决,好不好?"

"哎唷,求求您了,别闹了。"

…………

无论怎么商量,小姨都不会妥协,她理直气壮得很,仿佛手上握的那把小红旗就是真理的权杖。在众志成城的气氛鼓动之下,她坚定地爬上了花坛,高出人群一大截。她在花坛上稳稳地站着,手挥小红旗,声音尖厉——抗议毒工厂,还我生活安康!人们便随着这个站在高处的女人齐呼,连呼几遍,便呼出了默契的节奏感来,那口号就像一曲即兴而成的歌,嘹亮、高亢。

我从来没有见过这么激动人心的场面。人人似乎为真理而战,而我那小姨则越战越勇!这种场面,看起来的确很令人发泄的。假使一个毫不相干的人路过,停下来看热闹,没过几分钟,他心里长期积压的一些抱怨之气很快就会蹿上来,也会借机嚎上几声。

如此又过了一阵,有几个穿制服的警察接到报告后赶过来了,一看到他们,人们本能地便闪出了一条道来。这些人其实也不敢做什么，只是那一身制服的严肃性足以让胆子小的人自觉噤声、躲避。

那个拿着喇叭筒的制服者，反复对着人群喊："请大家自觉疏散，不要扰乱公共场合秩序，请大家自觉配合，维护社会治安和谐……"喇叭处理过的声音听起来比人们的呼叫声要威风好多倍，它们迅速地盖过了小姨近乎歇斯底里的尖叫。不过，小姨却并不示弱，固执地挥旗呐喊。随即，那个喇叭筒便对准了小姨，喊："请花坛上的那位妇女同志马上下来，注意人身安全，请你马上下来，注意人身安全……"

眼看着，以小姨为领袖的这次运动就因制服者的到来而失败了。人群里的那些过客以及本来就抱着"抗议无效果"的心态的人，逐渐觉得没意思，打算要退出了。刚才还挤挤挨挨的人圈，开始出现了松散。

就在这即将溃散的时刻，花坛上的小姨猛地把小红旗往人群里一扔，这举动吸引了所有人朝她看过去。只见她迅速将身上那件宽宽大大的黑色T恤往头顶一撸……人群里顿时发出了一阵短促的尖叫声，之后，四周就陷入了沉默。那喇叭筒也张着大大的嘴巴，一个字也吐不出来。

我的小姨，正裸露着上身，举手向天空，两只干瘦的乳房挂在两排明显的肋骨之间，如同钢铁焊接般纹丝不动。在这寂静中，她满眼望去，看到的，都是那些绝望的记忆，那些如同失恋般绝望的伤痛，几秒钟就到来了，如高潮一般，颤栗地从她每一个毛孔绽放！

  我站在人群中，跟那些抬头仰望的人一起。我被这个滑稽的小丑一般的小姨吓哭了。

《十月》2013年第6期

名家点评

小姨在小区花坛上的振臂一呼，无疑是一个历史囚徒在现实困境中的自我崇高、自我想象，这是真真切切的历史招魂，只不过在旁观者的眼中，这是一个世俗生活的失败者的疯狂表演。于是，癫狂与沉重、滑稽与庄严、惊悚和悲悯等种种意味，在一具衰老的肉体和一个夸张的姿势中相互碰撞、彼此消解。事实上，这是一个极具戏剧性张力的反讽时刻：两个时代的类似的历史景象重叠，记忆中的广场与小区里的花坛及其各自承载的意义在这个场景中并置、错位、彼此成全而又相互排斥；年轻时代的理想主义与人到中年时的维权一脉相承，公权的溃败与私权的丧失相互印证，激情年代与和谐社会又在彼此嘲讽……此刻，价值判断和历史态度已经不再重要，重要的是，世俗生活场景背后的历史纵深感被呈现出来。

辽宁大学文学院　方言 ++++++++++++++++

创作谈 / 微信上热传过一组图片,几个年轻女人,晒出了自己在城市里时尚靓丽的照片,同时又晒出了自己回到农村老家过年的家常照:从城市的咖啡厅到老家的土围墙,从立交桥到菜地……她们的样子从浓妆到素颜,着装从丝绸到土棉袄……还有个段子说,过年了,玛丽、珍妮都回家了,回家后都变成了小红、小丽。这是城市新客家人在乡村与城市之间的身份、角色的切换。这种切换,常常会带来"水土不服"——他们已经不习惯乡村的生活,即使在城市生活压得他们透不过气的间隙会升起乡愁,但这些乡愁无比脆弱,待真正回归土地,他们会觉得难以立足,另外一方面,他们融入城市的脚步,又是举足维艰。身处哪一边,都觉得归宿感欠缺。这种无归宿感给他们带来一系列的人生失调乃至精神的"内分泌"失调。《跑风》里,玛丽回农村过年,还原为高家的三女儿高茉莉,不可隔断的亲缘和伦理,尚且能使得这切换表面上看起来很自然,然而她带回家的那只布偶猫,却无法切换到家族固有的伦理之中。它是都市的产物,它是玛丽的精神慰藉,它是不为家人所知道并理解的另一种生活形态和观念,它的到来,造成一系列的不适应乃至混乱。作为家里唯一领高薪的女儿,玛丽自然成为了家族的经济支柱,她在家人眼里,强大到不需要任何帮助,他们看不见她那些从城市染上的焦虑、失落、孤独等情绪,更不用说给予理解和帮助。他们所能为她做的,不过是在寒冬夜,为她找回一只走失的猫。

像玛丽这样的女性,通过读书得以摆脱农村生活,成为都市白领。这种人生轨迹在当下已经稀松平常。看起来,她是改变了命运,但事实上对自己改变后的命运也难以把握,她的漂泊感并不会因为在城市定居下来而从此消失。玛丽为了一只猫缩短路途上的时间,不得不避开交通高峰期,来去匆匆,这种归来何尝不是一种逃离?

黄咏梅《无法切换的城乡——〈跑风〉创作谈》

跑风

年三十夜饭散席后,高富春喝大了,坐在冰凉的晒谷坪上,开始骂。"高茉莉,你个神经病,为了一只畜牲,年夜饭不吃你回来干卵啊……"

老大发酒疯是保留节目,就好像在东莞厂子里积攒了一年的怨气,窝成一泡稀,拉在光秃秃的晒谷坪。这种时候,谁都不会当回事,照旧把饭桌清理好,稀里哗啦推麻将,即使他坐在天空下号哭起来,都没有人去拉他一下。疯过了,酒醒了,他拍拍屁股坐到桌边,指挥人家怎么抱着钻跑风,嗓门比哭的声音还粗。

直到高富杰在屋里喊:"大哥,老娘跑风。"

高富春从地上弹起来:"老娘,跑三圈,整死他们。"他边跑边哇哇叫,像被一串鞭炮驱赶的年那只鬼。

高富春刚挨近桌子,老娘一推牌:"家家五十。"

"糟掉了糟掉了,跑三圈,家家一百五……"看见高富春肉痛的样子,桌上的人笑得更开心,好像家家都赢钱了似的。

往后备箱塞满在超市买好的年货,玛丽才有一点过年回家的兴奋。雪儿待在猫包里,隔着黑纱盯着她,她从满满当当的袋子里,找出一只罐头,朝雪儿晃了晃:"知道了知道了,妈咪没忘你的罐罐。"雪儿始终歪着脑袋,它的智商多数来自习惯,对于这只猫包,它只习惯去宠物医院打针或美容。

四五小时的旅途，雪儿大概被吓傻了，不吃不喝不拉不撒。玛丽每一句自言自语，对象都是它，跟在家的时候一样，但一路上玛丽没听到它应答一声。

这是玛丽带雪儿第一次出远门。她在那个萌宠公号，花七十九元咨询在线医生，关于一岁四个月布偶猫出远门的各种注意事项。"宠物猫是家庭性动物，出门会使它严重缺乏安全感，造成烦躁不安，必要的时候，可以喂食少剂量安眠药。"在线医生职业地称她——雪儿家长。她带了一粒安眠药，不过，似乎用不上。

在服务站，玛丽停车，试图把雪儿抱出猫包，放放风。它拼命挣扎，世界这么大，它只想占住这个小地盘，窝在里边，一声不吭。玛丽找个空旷处，做几个伸展运动。高速路上没几辆车开过，一眼能看到路尽头洁白的云朵，就像雪儿蹲在那地方。服务站的垃圾一片狼藉，可以想见前两天的拥堵。玛丽朋友圈里各种直播，平时三小时的路程，昨天足足开了十三个小时。要是堵在路上十多个小时，雪儿说不定会被憋死。她跟老娘说，今年不赶年夜饭了，初一一早回。老娘丝毫不能理解，最远的儿子都已经从广东回来，高铁上站一程坐一程。玛丽离得最近，年夜饭竟赶不上。但老娘也不敢多问。四个小孩中，三个都在工厂打工，只有玛丽穿着高跟鞋坐办公室，走路的的笃笃有威有势。

车子碾着铺满鞭炮屑的山路，一颠一颠停到了晒谷坪上。

高富春耳朵比谁都尖，从西厢房跑出来，待后备箱一翘起，他就忙着把东西一趟一趟搬到屋里。

玛丽下车只做一件事，抱着猫包，跟屋里走出来的人打招呼。

"我滴个乖乖，像抱小伢。"姐姐高迎春穿一件嫩粉色羽绒服，肯定是她女儿淘汰过来的，脑袋快被帽子一圈夸张的人造毛淹没。老娘应该是在准备祭祖的猪头肉，厚棉袄外罩件油渍渍的围裙，双手油腻，她凑近猫包去看，里面黑乎乎，只看到一团白影。如果这会儿老娘要伸手进去，估计雪儿会张大嘴巴，发出嘶嘶的威胁，一旦猫包被打开，它就会惊慌出逃，挣脱所有人，像风一样，跑得无影无踪。在线医生说，猫咪到了陌生环境，必须跟家长在密闭的空间待一段，慢慢适应后，才能独处。

玛丽抱着雪儿直接上二楼自己的房间。带来的猫砂盆、食盆、猫窝，一应摆好，把所有门窗锁得牢牢。单独相处了一会儿，雪儿的好奇心才恢复过来，身子压得低低的，开始用鼻子东嗅嗅西嗅嗅，在房间小心翼翼地"探险"。它对墙角那只褐色的酸菜坛子很感兴趣，嗅半天，嘴巴半张，狐疑一下，将这些新奇的气味通过上颚收进犁鼻器，继而传递到大脑里，进行辨别和保留。玛丽查过百度，了解猫的"裂唇嗅反应"全过程。买了雪儿之后，玛丽认真学习了很多育猫知识。

待了半个多小时，玛丽才下楼。厅堂里早已坐满了人。她警告那几个吮着棒棒糖的小屁孩："不许开我房门啊，听到没有。"她的手朝天花板上指了指。屋里人不约而同朝天花板上望一眼，好像楼上住了个不能打搅的神经病亲戚。

这些人多半是过来看猫，算起来都是七拐八拐的亲戚，玛丽不好意思拒绝，分批带他们进房间。看到陌生人，雪儿又缩回那只黑乎乎的猫包，只有玛丽把它抱在怀里，人们才能看到它。他们都恭维玛丽，说从没见过那么漂亮的猫，两只眼睛像湖里面的水。来看的人越来越多，高富春开玩笑嚷着要收他们的门票。

其中有个堂嫂，在南京给人上门做钟点工，一眼就认出了雪儿。"我滴个乖乖，是布偶猫。"她每周四下午给那家搞卫生，有只一模一样的，说是布偶猫。毛比人的手指还长，还没入伏，就给它在卧室开冷气。这是她最难搞的一家卫生，所有地方得先用吸尘器吸上一遍，再用湿拖把拖。主人强调每个角落都要擦干净，因为那只胖猫专挑角落旯旮睡觉。好几次，那个不用上班的女人指着阳台上挂得高高的热水器说，要重点擦这顶上，肉松这段时间特别喜欢跳到上边睡觉。害得堂嫂的恐高症发作。

堂嫂不断抱怨着那家。玛丽的弟弟高富杰听不得唠叨，从椅子上一蹦老高，龇牙咧嘴打断她："要是我，就把它毛一把烧掉。"其他人也跟着起哄，皮一剥，老酒辣椒青大蒜，红烧老猫。

"烧掉？你赔得起？一万多哩。"堂嫂话一出，所有人都静下来了。高富杰转头问玛丽："高茉莉，你这猫一万多？"他一根食指伸向天花板，半天都没放下来。

玛丽眨着眼睛，蹦出两个字："乱讲。"公司里坐在她对面的特蕾莎，划拉着雪儿的照片问，这种母的布偶要多少钱呀？玛丽毫不犹豫告诉她一万八。现在，这些人一只只眼睛盯着她，她死都不敢承认。姐夫在山里收购蜂蜜，亏本欠下一万二的债，玛丽没借给高迎春。高富春想跟人合股做茶油生意，借三万本钱，玛丽也没借。玛丽上班领薪水之后，老爹曾在某一个年夜饭桌上，以一家之主的身份立下过规矩，除非救命，一律不能向玛丽伸手。十来年，玛丽借出去的钱没救过谁，零零星星地给了出去，给了出去就没指望能要回来，只是赢得了他们对她的宽容，比如说回家从不进厨房烧锅，饭后从不刷碗，家族炮旗日吃饭的时候，她是允许上桌同吃的唯一女性，甚至，为了一只猫缺席年夜饭——高富春发酒疯对着天空骂她的话，玛丽回到家并没有再听到半个字。

很快，他们从猫讲到了钱。搞钱越来越难。人堆里最显眼的那个堂妹，搽着厚厚的粉，黏着长长的假睫毛，因为裙子太短的缘故，一刻都不愿离开火桶——只有她没上楼看猫。堂妹代替雪儿成了话题的中心。她才去杭州两年多，就能挣到一辆车子，弄得高富杰几个心痒痒的。他们围着堂妹问来问去。电话里卖卖保健品就能搞到钱？

闲扯到下午四点，高家出发祭祖的时辰就到了。屋里的人陆陆续续散去。这时，玛丽才见到老爹。跟每一年回来所见的形象一样，穿着那件"万年防水棉服"，棉服的几个兜永远鼓鼓囊囊，好像他把重要的家当都背在身上，随时可以到处去——菜园、鱼塘以及后山那片杉树林，让人怀疑他在这些地方似乎还有一个家。老爹手上拎着一只湿漉漉的鱼篓子，大概是从鱼塘回来。玛丽觉得，老爹越来越像爷爷了。

高富春和高富杰熟练地拿上母亲备在门背后的几个篮子。晒谷坪外，已经等着大伯、小叔那几家的男丁。一行男人往后山走去。玛丽忽然想起什么，小跑几步跟上老爹，从羽绒服的口袋里掏出两包烟，让他捎给爷爷。黄鹤楼1916，她公司的老板只抽这种，她在公司楼下烟店买的。

屋里只剩下了高迎春和老娘。玛丽脱了皮靴，将脚伸进火桶里的隔板，底下的炭是老娘刚加进去的，热度适中，就像冬天把脚放到雪儿肚子上。

其实玛丽特别想跟他们去看爷爷。但上山祭祖的规矩，绝不能为玛丽打破。女人要是上了坟山，带去阴气，祖宗便没法好好保佑后代。事关命运的纪律，哪一辈也不敢乱来。

没几句，老娘又提到结婚生伢的事情。玛丽三十六岁，要是在农村，儿子都准备出门打工了。

高迎春认为玛丽养猫，是因为想结婚当娘了。"养猫不如养伢。"她女儿在横店卖奶茶，儿子高中读不下去了，准备春节后跟高富春到东莞打工，年前她特意到县城超市给他买了新鞋子。

玛丽低着头，有一搭没一搭地应。她们看看玛丽的脸色，也不敢跟她讲重话。

身子一暖，玛丽瞌睡就浓了，靠在椅子上打了个盹儿，模模糊糊还听到她们讲话的声音，忽然就看到爷爷了。驼背，脸色蜡黄，还穿那件四口袋的灰色中山装，肩上背着箩筐，站在山坡拐弯的地方喊玛丽："三儿，烟好吃，就是太少喽。"讲完，转过坡去。玛丽一急，醒了。

"离婚是为了躲债，还是住在一起的。"高迎春朝老娘挑了挑眉毛。玛丽瞌睡之前，她们就在讲这个表弟，赌博输了二十来万，债主天天来家里堵，表弟媳索性跟表弟离婚，催债的人一上门，她就拿出离婚证给那些人看，表弟的债表弟自己背，跟她半毛钱关系没有，表弟就算死在家门口，她都不会开个门的。那些人就不再上门了。表弟东躲西藏，隔三差五敲门回家,过年一家三口也回娘家。就是离婚不离家的。

"十个穷鬼九个赌,越穷越要赌。"老娘长叹一口气。

"梦到我爷了。"就这么醒来,玛丽很不情愿。

"你爷讲话了?"老娘生怕备的东西少了哪样。

"嗯,我爷说,烟好吃,就是太少了。"

"这个老烟鬼,一箩筐都不够他抽。"老娘一颗心放下来。

她们又聊起了爷爷奶奶,还有村里旧年过世的几个亲戚。

玛丽跟爷爷最亲。爷爷去世的时候,玛丽工作招聘面试,没能回家送。谁都知道,爷爷是最想等她的。最后那几天,瘦得剩一把骨头的爷爷,肝腹水,肚子撑得滚圆,就连一口水都难吞下,还拼命要喝粥,并且要喝那种黏稠的硬粥,三九严寒天,他却吃得衣服湿透,好比三伏天挑一担稻谷。家里人以为他是在攒力气等玛丽。死后给他抹澡,裤子上黏着零星几粒屎。老爹抹着眼泪说:"他是拼老命要给这个家留福。"乡村里有一个讲法,家里老人去世时,留尿是贫,留屎是富。一个月后,玛丽顺利进入了上海这一家外企,成为高家第一个领洋工资的人。老爹说,玛丽的福气,都是爷爷留给她的。大家都这么认为,这样,他们向玛丽借钱的时候,思想负担不至于重,他们在麻将桌上合力赢走玛丽的钱,同样心安理得。

后山上传来一阵集中的鞭炮响。老娘像收到信号,将手上嗑剩的瓜子一把揣进口袋，拍拍手，往厨房去了。高迎春跟在后面。因为玛丽，年初一晚饭才能算是高家真正的年夜饭，高迎春破例初一留在娘家，帮忙张罗。玛丽想着是否要上楼看看雪儿，但火桶实在太舒服了，她的屁股舍不得挪走，就拿起一片芝麻糖，边吃边看微信。

又过一阵，男人们从后山回来了，说说笑笑。玛丽一眼看过去，每人两边耳朵上都夹着烟，金灿灿的烟屁股，黄鹤楼1916。玛丽一阵心酸。如果再坚持几年，她把爷爷接到上海治病，现在他应该还可以坐在火桶上，眯着小眼睛抽黄鹤楼1916，谁都不敢抢。

比昨天晚上多出了好几样菜，酒重新开。高富春眼看又要多了，他大着舌头问玛丽，你那屌猫真有那么贵？一桌的人都不响。高迎春左右看看，干笑几声，"大哥，你伢贵不贵？你说贵不贵？"高富春酒杯往桌上重重一放，"你讲什么鬼话，我伢是畜生？我伢畜生都不如？你讲什么鬼话……"玛丽觉得高富春都要哭出来了。她很想逃跑，跑上二楼去抱雪儿，让它的蓝眼睛温柔地看着自己，就像过去那些日夜一样，在上海的那间出租小屋里，四目相对，相依为命。

老爹碗一推，从凳子上站起来，他那一贯含着痰音的话，仿佛挟着雷声滚过来："不准喝了。"

饭桌换成麻将桌的时候，高富春酒劲儿轻了些，他第一个坐到东边椅子上，高富杰、高迎春也自觉坐到他两边。对面那个空位置，明摆是留给玛丽的，其他人就趁机散到隔壁家凑牌脚去了。等了一会儿，玛丽还没下楼，高富杰敲着桌子一直喊高茉莉。过年回家打麻将似乎是玛丽的一种义务。不从玛丽身上赢个千把两千，他们会觉得这个年没过好，像去做客酒没喝好一样不爽。

玛丽只好把怀里睡得暖呼呼的雪儿抱回猫包，即将脱手的那一瞬间，手上感觉到一阵刺痛。雪儿软绵绵的肉掌，有意识地伸出了爪子，紧紧地钉进玛丽的掌心。

疏于操练，玛丽的麻将技术不是很好，但也不至于白痴。高富春刚丢出的一个幺鸡，如果她一推，就胡了，她懂，但是她饶了他。总之，输钱就是了。

输掉几圈之后，老娘端张椅子坐在玛丽旁边指导。高迎春那只九万刚送出来，老娘就喊，胡！喊出去了，玛丽想不赢都不好意思。

农村里有句老话，"技孬牌旺"，玛丽果然总是能摸到顺牌，一上手就有天地胡的迹象。如此，在老娘的监督下，玛丽轻松赢回几番。他们就开始抗议老娘，嘿嘿，老娘，五人一桌麻将，还真稀得见了。老娘厚脸皮稳坐军师位，笑着说，你们合起来欺负妹妹，还不得了了。高富杰一听就嚷，高茉莉是我姐！又朝坐在火桶边抽烟的老爹投诉老娘偏心。老爹原来一直都在那边听牌，心里有数，他不搭腔，只是笑出了一口痰，朝炭火堆里吐去，嗤啦一声响。

这几圈玛丽觉得挺来劲的。打麻将果然要赢钱才有意思。不过，她不太能理解，老娘为什么要帮助她，在她工作之后，他们习惯了向玛丽寻求帮助——准确地说是资助，他们自然地认为玛丽是不需要帮助的。

第四只发财抓到手上时，玛丽心跳不已。才摸两轮，她就凑齐了四只发财。这一局庄家翻到的钻是发财，现在她手上拿了四只钻，如果她愿意，下一秒就可以胡任何一张牌。她看一眼老娘，老娘面不改色，一把从玛丽手上夺过那只发财，紧紧握在手心，像跟谁宣誓般大声喊出两个字：跑风！三人被老娘的大嗓门吓了一跳。牌没摸满两轮，就跑风？高富杰探过脑袋来要看牌："老娘几个钻啊？"他被老娘狠狠地推了回去。

如果跑风者不叫停，在没有一家胡牌的情况下，可以一圈一圈跑下去。赢三家，按圈数算钱。

玛丽跑了三圈，分别扔出三筒、二条、八万。他们一个个竟然都接不上，搓着手上刚摸起的那只牌，干着急。跑到第四圈的时候，玛丽感到不好意思，当然更怕夜长梦多，她跟老娘说，胡掉算了。可是老娘死死拽住那只发财，只顾继续喊"跑风"。玛丽从来没看到过老娘那样的表情，倔强，笃定，甚至有着豁出去的大义凛然。那表情，让玛丽觉得她手上握住的不是一只麻将，而是一只自卫反击的武器。

邪门的是，一圈一圈跑下来，他们几个摸牌又扔牌，居然没人能成功截掉玛丽的胡。桌上的气氛有些严肃。玛丽的手心开始出汗，同时暗暗地感到刺激和兴奋。高富春站起来对老娘说，有本事跑个十圈看看。

第六圈，玛丽刚摸进一只五万，老娘迅速把那只发财往桌上一敲，胡！就像士兵听到了命令，玛丽顺势将胸前的牌一推，长出一口气。

尘埃落定，他们哇哇叫。高富春不甘心，又顺手摸起一只牌，"他妈的，等的就是这只屁眼。"说完，瘫倒在椅子上，手上一只大饼甩落桌上，真是只白底红圈的屁眼。

"家家三百。"老娘得意洋洋。高富春他们开始耍赖，说牌是老娘打的，不算。高迎春甚至栽赃老娘起先搞小动作，偷偷从桌上换了只红中……各人都不认账。高富杰干脆把火桶边的老爹拉了过来当裁判。老爹没下结论，在身上几个口袋里摸索，大家以为他要代为付钱，谁知最后摸出只手机，说，你们哪里打得过老娘？你们不在家，她天天在这里面打，机器都能打赢。

于是大家开始讲老娘玩手机看抖音的各种笑话，又讲老爹打麻将当"总支书记"的笑话。麻将就算是结束了,大家围到火桶边坐,嗑瓜子,吃冻米糖,默契地赖掉"家家三百"这笔债。在日后,玛丽的"家家三百"仅仅成为嘴巴上赢去的钱,高家村家家都传遍了。

玛丽把雪儿从楼上抱下来。暴露在那么多人面前,雪儿惊慌得想要挣脱。高迎春急急将前后门窗都闭了,嘴里碎碎念:"我滴个乖乖,跑出去,一万多就飞掉了,我滴个乖乖。"也怪,雪儿被高迎春一抱,竟然就没有挣扎的意思了。高迎春坐得离火桶最近,一暖和,雪儿连打几个哈欠,喉咙里发出惬意的咕噜咕噜,眼睛迷离,慢慢放松了警惕,睡去。

老爹看着雪儿说,没见过这么好看的猫。

他们都过来要摸雪儿身上的毛。真的有手指那么长。高富杰拿自己的手指比过去。

"这屄猫会抓老鼠?"高富春问玛丽。

玛丽说,它哪里见到过真老鼠?倒是买过电动老鼠,玩两天就腻了。

玛丽给他们讲雪儿各种好玩的事。说有一次在屋里抓到只臭屁虫,臭屁虫放一只屁,把它熏得干呕,很长一段时间见到虫子就逃。

高富杰刮刮雪儿的鼻子,骂它胆小鬼。雪儿就势把脑袋一歪,不明就里,只睁大眼看着高富杰。那无知的呆样,看得大家欢喜。

后来玛丽又讲到雪儿第一次去宠物店洗澡，好不容易洗好，还没擦干，就拉了一泡稀在人家手上。高富春趴到高迎春的膝盖上，拍着雪儿的后脑勺，骂这个矜贵的家伙。雪儿被拍得舒服，在高迎春怀里打滚，肚皮朝天。高富春顺手拿根棒棒糖在雪儿眼前晃晃，雪儿用小短手去扑。玩了几个回合，高富春嘻嘻笑，"嘿，真像个小伢。"

因为门闭着，谁也没留意，外边开始飘起了细雪。

第二天早上，玛丽还在被窝里，就听到楼下老娘不知道在跟谁说，裤子都站起来了。昨晚的雪落在忘记收进屋的裤子上，一夜结冰，裤子自己站起来了。玛丽脑子里想象着那两根光棍一样的裤子，硬邦邦地站在雪地上。是高富杰的牛仔裤吧？她笑清醒了，伸手在被子上一把摸到了还在睡觉的雪儿。

"雪儿吃鱼不？"老娘指着桶里那几条活蹦乱跳的鱼问玛丽。鱼是清晨老爹到湖里，敲开薄冰，用鱼线钩上来的。她不知道该拿去红烧还是清蒸。村里流窜到灶头的那些猫，她杀鱼时顺手从肚子里掏一把内脏，擤鼻涕一样甩在泥地上，猫边吃边嗷嗷地谢人。

雪儿只吃猫粮和罐头。

老娘从玛丽手上拈起一粒猫粮，放嘴里嚼两下，吐出来。

一点都没味道。老娘摇摇头，走进厨房，将桶里那几条餐条鱼杀好，放锅里焙干水，喷酒抹盐，用草绳穿好，挂在二楼阳台窗外风干。

那些过来拜年的亲戚，刚踩进晒谷坪，经知情人指导，多半能抬头看到一只雪白的胖猫，蹲在二楼窗台上，仰起头，盯着头顶上那几条鱼。雪儿对这些鱼的热情保持了很久，只看，不吃。玛丽将这个镜头拍下，又将雪儿的蓝眼睛做特写放大，放在朋友圈。特蕾莎在下边留言：妈咪，这是什么鬼？辛迪更搞笑，留言说，猫被鱼吓懵逼了。

玛丽抱着雪儿在窗边看风景，就像在上海那扇窗，夜深人静，一起看街上还没打烊的霓虹灯，星星点点。她看过一本宠物护理书，说二十米以外的东西，在猫的眼里只剩下一个模糊的形状。就算这样，雪儿还是乖乖陪她看。

玛丽指给雪儿看西边不远处那座馒头一样的小土山。雪儿在她怀里，安静，看着远方。估计只有小土山动起来，它才能得以准确看到玛丽的所指。可是小土山周围就连一只鸟都没有飞过。她猜，从雪儿的眼睛里看出去，小土山就像只快融化掉的香草味冰激凌球。

玛丽眼睛里的小土山像什么？这么看过去，简直就像拱出地面长出萋草的一座坟。玛丽被自己这个想法吓了一跳。

二十多年前，小土山可是她们这些小孩子开心的游乐场啊。海拔不到二百米的小土山，只修出一条上山的小路，但小孩子们进山从不走小路，野路探险，爬爬跌跌，没有路的林子里往往能找到好东西吃，地捻子、红叶李、金钩钓、牛串子……当然，不止这些。这小土山还藏着玛丽和爷爷共同的秘密。初中毕业那个暑假，玛丽没考上县重点高中，老娘说，不读了，攒下钱留给高富杰试试，总之高家从来就没出过读书人。玛丽哭闹，绝食，离家出走，钻进小土山，躲在一个隐秘的泥洞里，哭到睡过去为止。朦胧间听到好多人在喊她的名字，看到灯火在林间远远近近。她被吓傻，知道闯祸了，怕钻出去会挨打，没敢应，闭着眼睛躲在里面，心里盼望这座小土山能一下子飞起来，带她飞得远远的，甩掉这些愚蠢的大人。等到人声和灯火逐渐消失，她借着月光走上小路，在出山口的地方，远远看见爷爷提着防风灯走过来。原来爷爷已经发现这个躲在泥洞里的小人儿，人散后，再折返回来接她。爷爷对老爹说，是在瓦塘村同学家玩得忘记了时间。

　　说服了老爹和老娘，依靠爷爷去腾龙山采野灵芝、养蜜蜂之类的帮补学费，玛丽紧巴巴读完了高中和大学。爷爷让玛丽努力学习，别担心钱，他说，腾龙山就是储蓄所，进去就能取到钱。腾龙山玛丽只去过一次，离高家村三十多里路，人走到山边就已经精疲力竭，不要说爬上山。爷爷背着箩筐消失几天,又在某个傍晚带着一身寒冷的水汽进家门,这印象灰扑扑地充满了玛丽整个读书时代。现在,再也没有人去腾龙山"取钱",有力气不外出打工搞钱的人,会被耻笑没屁用。

盯着小土山看了好一会儿。玛丽想起前几年跟特蕾莎去万达影城,看《哈尔的移动城堡》。一部日本动漫竟然能把她看哭。苏菲眼看亲爱的哈尔受难,驱赶移动城堡去追寻哈尔,根本不知道哈尔变成了怪鸟,保护在自己周围。玛丽哭得有点难为情。特蕾莎说,她小时候看到这里也哭,现在重看倒没那么要紧了。特蕾莎第一次看《哈尔的移动城堡》是十五岁。十五岁,就是玛丽躲在小土山里哭的年龄,她那时什么都不懂,只希望这座小土山能飞起来,帮她脱身。如果不是爷爷的坚持,她可能到现在都不懂这世界上有一座"哈尔的移动城堡",就像高富春他们一样,到现在都不懂高茉莉在这世界上还有一个名字叫玛丽。

怀里的雪儿一阵骚动,两下挣脱玛丽的手臂,像发现什么猎物,敏捷地蹿向桌子。那面墙上不知从哪里来了一块小光斑,引得雪儿上下乱扑。顺着光斑的来处,玛丽看见隔壁佑生伯家的晒谷坪上,坐着一个女孩,正借着阳光反射手机屏幕。她应该是想把光射到雪儿身上的,没控制好,光进屋,雪儿也跟进屋了。

女孩是生面孔，被玛丽发现后，羞涩地笑笑，手机收进口袋。玛丽朝她挥挥手，她又笑笑。女孩不怕冷，坐在一张小板凳上，长长的羽绒服像披了张被子在身上。放下手机，她就剥跟前的棉花，白色的棉花放进篮子里，褐色的棉花壳则放在簸箕上。看起来，倒不像是来佑生伯家做客的。如果换掉那身被子，她不会比走在淮海路上的女孩差。玛丽头一回发现村里还有这么好看的女孩。

刚想下楼去看看那女孩，玛丽就听到了大舅进屋的声音。年初三，外甥们按惯例要提着礼物到瓦塘村给大舅拜年，今年，大舅给老娘打电话让他们不要来，他要来看猫。

外公外婆相继去世，大舅的地位甚至比老爹还高，如果不是因为表哥前年聚赌被拘留，玛丽出钱到县公安局给打点了回来，他说话还会更响。老娘让玛丽把猫抱下楼给大舅看，并吩咐高富杰把门窗都闭上，将屋里的灯拉亮。大舅看这阵势，嘲笑说比接皇后娘娘回家还隆重。老爹难为情，让高富杰把门打开一点，"过年闭门，不像话。"高富杰只好又留出巴掌宽的门缝。

"就这猫？好几万？"大舅的手在猫的背上、屁股上不断拍打，如果不是雪儿躲闪后退，他估计会把雪儿那条粗壮的尾巴拎起来看看，就像在集市买活鸡，鸡脚朝上一拎，一口气吹开屁股的羽毛判断是不是绿便病鸡。

"大舅，纯种的布偶猫，市场上根本看不到。"高富春骄傲地说。

"给三皮家那只配个种,生一窝,不要多,几千块就够了。"大舅笑着点起了烟斗。

"母的，早阉掉了喽。"

"糟掉了，糟掉了。"

看起来，雪儿很不喜欢大舅。它被他拍得极其不爽，生气了，往桌子底下、后门，甚至暗绰绰的厨房蹿去，高富杰和高富春两个负责前后堵截。玛丽也不敢说什么，只暗暗期待大舅早点转移对猫的注意。

大舅开始和老爹聊医保的事情时，雪儿忽然一阵狂颠，往墙上蹦了好几下，又跳到桌子上。那块光斑又出现了，像穿窗而入的蝴蝶，一跳一跳，从墙上落到柜门上、神龛上，最终又落到窗边。雪儿忘乎所以，追追扑扑，但每次都落空。"蝴蝶"迅速跳动，来无踪去无影。被戏弄一番，雪儿竟恼羞成怒，冲着四壁嚎叫，像一只被囚禁多时失去耐心的兽。在人们还没完全反应过来的时候，它追随"蝴蝶"跑到门缝边，脑袋一拱，四肢一跃，跨过门槛，像一道影子，消失在门外。这些动作如此连贯，毫不拖泥带水，仿佛这门外的世界已被它觊觎多时。

一层残雪铺平的泥地，洁净、明亮，这大概是雪儿跑过的最辽阔最平坦的世界了。没有门，没有窗，没有墙，它跑得像风一样，没有半点约束。它的胡子放弃了丈量空间的功能，翘得高高，它粗壮的尾巴像旗杆一样竖起来，它身上的白毛随着风速耸动，像将军骑马抖动的披风，这耸起的毛发使它看起来比平时壮大了一倍多。很多次，玛丽回忆起雪儿这个奔跑的场景，认为当时它一定是发出了银铃般的笑声。

雪儿仿佛将身后一声声尖叫和追赶的脚步声当成了战鼓，催促它跑得更奔放。一下子，它就跑到了那个女孩旁边，不过，这场刺激的跑风已经让它彻底遗忘了光斑之类的低级游戏，它被羁绊下来，只是为了女孩脚下那一团团毛茸茸的棉花——它一贯对与自己毛发相类似的东西无法抗拒。它压低身子，试图朝一团雪白的棉花探索而去。

"抓住它，抓住它。"他们边追边大叫。

女孩并没有起身，坐在小凳子上，双手往前做了个扑的姿势，就像雪儿扑向墙上的"蝴蝶"，扑向了虚空。雪儿被这个姿势以及越来越近的脚步声吓到了，它舍弃了那堆棉花，重新跑起来，脚步有些凌乱，朝左边跑一忽儿，又偏往右边，像在要计谋甩掉身后的追兵。

高富杰跑在头一个，他的嘴里发出些不伦不类的叫声，喵喵喵……喔喔喔……嘿嘿嘿……最后，化成了一声长长的惨叫。

等玛丽他们赶到,雪儿已经从一片矮灌木丛钻进去,那里,通向那座从地面拱起来的小土山。

玛丽的脑子一片空白。

这座小土山还是跟过去那样,走进去才知道远远比窗前所见的要大许多,相对于 60cm 长,5.2kg 重的雪儿来说,它应该等同于一个上海那么大了。

玛丽边哭边唤,祈祷雪儿能像一个真正的小伢,能听懂并理解一个妈咪焦急的声音。然而,只有残雪从树枝间跌落时发出些声响引起过他们的一点希望之光,大部分的时间,山林冰冷沉寂,跟时间一起加深着玛丽心底的绝望。

四处搜寻一阵,高富春决定回去搬救兵。很多年前,有人沿着足迹在小土山找到了那只专门拱鸡圈的山猪,村里几乎所有壮年都出动了,也就一小时不到,土猪就被抬出了山。

"这屄猫胆子小,跑不远。"高富春劝玛丽跟他们先回去,找人,关键是拿诱饵,他断定猫一定还藏在附近,饿了,自然就钻出来找吃。

玛丽想起有一次,不留神雪儿蹿出阳台,沿着狭窄的墙沿爬到空调外机顶,九层楼高,玛丽想起腿还会发软。最后还是用它心爱的罐罐,一点点地把它引回了屋。

他们急急回家搬救兵。路过佑生伯的晒谷坪,那女孩还在,没坐小板凳了,站着,一直朝山那边张望。玛丽想起她那个聊胜于无的扑空手势,如果不是她那只"蝴蝶",雪儿怎么会发疯跑掉?她泄愤地朝她吼:"屄人,找不回要你赔。"没想到女孩一下就哭了出来,好像早已经准备好了似的,又好像跑丢的是她的猫。

玛丽愣了一下,不再多说话,赶紧回家取罐罐。

带回来的猫罐头都打开了。高富春和高富杰很快张罗了一个队伍,都是附近的亲戚以及正好来串门拜年的乡邻。他们几乎都上楼参观过雪儿。出发时,他们还拎了好几只鱼篓,好像要到湖里打窝捞鱼。队伍浩浩荡荡,老爹说,比上山祭祖的人还多,猫跑不掉。

"馋猫馋猫,只要有吃的,它肯定就会回来。"见玛丽哭,老娘像安慰小伢。

一直到了吃晚饭的点,雪儿还不饿,影子都没一只。其他人耐不住了,生怕错过了酒局和牌局,说起来,丢失的终究只是一只牲畜,又不是小伢。他们三三两两,陆续收兵回家,冷得一路直跺脚,擤擤鼻涕,说这屄猫莫不是被野猫吃掉了喽。

剩下高富春和高富杰以及几个玩得好的老表,尽职地守在几个放置罐头的点。

天黑下来时,玛丽已经彻底不抱希望。她熟悉这种过程,就像她过去经历的有些事情,加薪、升职、找男人结婚,有戏又没戏。不抱希望会让每一种细微的收获都放大到喜出望外。下意识里,她甚至认为等这些人都散开之后,雪儿会施施然从某个树丛里钻出来,就像那一次,她躲过大人,从泥洞爬出,迎面见到了来接她的爷爷,这一幕并不是幻觉,是记忆。

玛丽回到屋,还没脱掉已经湿透的皮靴,就听到晒谷坪外一阵喧闹。

高富春双手抱着一只鱼篓,一路小跑过来。他跑得小心翼翼,像怀里抱的是一坛随时会溢出来的酒。鱼篓紧紧贴在他凸起的大肚腩上,正好起到了稳定的作用。高富春从夜色里跑出来,一近,玛丽就看到鱼篓里那团白色的影子。

抱着这只冻得簌簌发抖的猫,玛丽哭哭又笑笑,连高富春也被她哭得不好意思了,他犹豫了一下,一只手举起,在玛丽的脑门上敲了一个栗子,"你这屄妹,给你找回来还哭。"大家都笑了,拢到火桶边暖身,围着那只毛发又脏又湿的猫看。"你看看,这个样子,跟野猫有什么区别?"高富杰伸手想敲它脑袋,又缩了回来。

雪儿大概是跑累了,或者是惊吓过度,脑袋低垂,眼皮虚掩,四肢蜷缩在肚皮底下,挨着火桶,像揣着双手打盹儿的老汉。老娘凑过去,手指点点它的鼻子说,你呀,你把你老娘急死了。玛丽忽然觉得尴尬起来。

后来,玛丽想起那个被她骂哭的漂亮女孩,问是谁。老娘说，是佑生伯的儿媳妇，过年前娶过来的。玛丽印象中，佑生伯的儿子好吃懒做，一直赖在家里，顺手给人干点泥水活，做一季歇一季，四十岁，娶媳妇的钱都没攒下来。

"光辉还是命好，娶那么好看的老婆。"那女孩的面相，笑起来好看，哭的时候也不难看。

"没钱才娶个小儿麻痹。"

玛丽一惊，回想起女孩朝着空气的那一扑，的确像用尽了整个上身的力气。那么漂亮的女孩啊。玛丽鼻子酸酸的。

年初五，赶在返程高峰到来之前，玛丽带着雪儿回上海了。高富春他们几个要过了元宵才出门打工。跟玛丽的车子挥手告别的时候，没有谁对这个来去匆匆的妹妹发一句牢骚，就像她在执行某种很有道理也很正确的决定。"明天就开始堵车了，十几个小时都开不到上海。"就连老爹也晓得这样跟亲戚解释，当然他并没有提到雪儿。

回到那间熟悉的公寓，很奇怪的，雪儿一直在舔身上的毛，不知道那毛发里是否还保留着高家村或者小土山的味道，也不知道它如此频繁地舔舐，是出于对那些味道的留恋还是嫌弃。总之，除了吃饭睡觉，它就一直在舔，舌头上细密的倒刺摩擦着每一处毛发，发出了"沙沙沙"的声音。

刚冲好一包速溶咖啡，玛丽就收到特蕾莎的微信，问她给薇薇安凑单买"海蓝之谜",到底凑眼霜还是爽肤水?薇薇安是她们部门经理,逢节假日海购网有活动,不管她们几个是否需要,都邀请一起凑单,赠品自然都归薇薇安的,识相的人,连快递盒子都不拆,转手送到她办公室。玛丽心里冒出一股无名火,又一下子决定不下眼霜还是爽肤水,干脆手机一关,上床。

辗转到半夜,玛丽还睡不着,事实上舟车劳顿,她又累又困。熬不住了,想起回家时准备给雪儿路上用的那颗安眠药,一杯温水将其吞服掉。药物发作之际,朦胧间听到雪儿仍在枕头边上舔毛,"沙沙沙,沙沙沙",好像下起了春雨,这空白的噪声把玛丽跟窗外的城市渐渐隔绝了开去。

《钟山》2020 年第 3 期

名家点评

黄咏梅试图复现一种古老而隐秘的情感，坚守一种恒常不变的价值。几代人默默承受、彼此小心翼翼守护的恰恰是散淡的寻常日脚，是最可宝贵的亲情、最可珍重的人世。诚然，时代在剧烈地变革，但对普通的个体生命而言，对于绝大多数无言的个人来说，世界也可以是不变的。历史蜿蜒向前的河道里，有泥沙俱下的翻腾，亦有静水流深的守成。

当下的文学过度依赖日常经验，使得作品的主题、故事的走向、人物的形象多有相似之处，但这并不是问题的核心。核心在于价值危机，价值危机才是文学真正的危机。价值危机导致精神的溃败，直接代价是把人格的光辉抹平，只相信人性的黑暗。写不出值得珍重的人世，无法给出对世界具有建设性的判断，这也透露出作家的灵魂视野存在着重大的缺陷。而黄咏梅的文字里，充满了基于理解的同情和释然，她小说中总有"我"的存在。那种感同身受的关切和悲悯，使得她笔下的人物最终都能得到尊重和理解。正因如此，她笔下的生活是值得珍视的，她笔下的人物是值得同情的，她笔下的苦难是可以超越的。

解放军报社　傅逸尘 ++++++++++++++++++

创作年表

2002年

- 短篇小说《路过春天》,刊于《花城》2002年第1期。
- 中篇小说《将爱传出去》,刊于《钟山》2002年第4期。

2003年

- 中篇小说《骑楼》,刊于《收获》2003年第4期。
- 短篇小说《多宝路的风》,刊于《天涯》2003年第6期。

2004年

- 长篇小说《一本正经》,刊于《钟山》2004年长篇小说增刊。
- 短篇小说《勾肩搭背》,刊于《人民文学》2004年第6期。
- 短篇小说《草暖》,刊于《人民文学》2004年第7期。
- 短篇小说《填字游戏》,刊于《花城》2004年第6期。

2005年

- 短篇小说《负一层》,刊于《钟山》2005年第4期,获广东省第八届鲁迅文艺奖,入选中国小说学会2005年度短篇小说排行榜。
- 短篇小说《关键词》,刊于《文学界》2005年第10期。

2006 年

※ 中篇小说《天是空的》,刊于《大家》2006 年第 1 期。

※ 中篇小说《单双》,刊于《钟山》2006 年第 1 期,入选中国小说学会 2006 年度中篇小说排行榜。

※ 中篇小说《哼哼唧唧》,刊于《中国作家》(文学版)2006 年第 6 期。

※ 中篇小说《把梦想喂肥》,刊于《青年文学》2006 年第 17 期。

2007 年

※ 中篇小说《暖死亡》,刊于《十月》2007 年第 4 期。

※ 短篇小说《开发区》,刊于《花城》2007 年第 5 期,获广东省首届青年文学奖。

※ 中篇小说《隐身登录》,刊于《钟山》2007 年第 6 期。

※ 小说集《把梦想喂肥》,山东文艺出版社 2007 年 5 月出版。

2008 年

※ 中篇小说《粉丝》,刊于《人民文学》2008 年第 6 期。

※ 中篇小说《契爷》,刊于《钟山》2008 年第 4 期。

※ 短篇小说《文艺女青年杨念真》,刊于《上海文学》2008 年第 8 期。

2009 年

- 短篇小说《白月光》，刊于《作品》2009 年第 1 期。
- 中篇小说《档案》，刊于《人民文学》2009 年第 6 期。
- 中篇小说《鲍鱼师傅》，刊于《山花》2009 年第 6 期。
- 短篇小说《快乐网上的王老虎》，刊于《中国作家》（文学版）2009 年第 10 期。

2010 年

- 中篇小说《瓜子》，刊于《钟山》2010 年第 4 期。
- 中篇小说《三皮》，刊于《广州文艺》2010 年第 10 期，获《广州文艺》第一届都市小说双年奖。
- 小说集《隐身登录》，花城出版社 2010 年 1 月出版。
- 长篇小说《一本正经》，凤凰出版社 2010 年 7 月出版。

2011 年

- 中篇小说《少爷威威》，刊于《花城》2011 年第 1 期。
- 中篇小说《旧账》，刊于《作品》2011 年第 5 期。
- 短篇小说《金石》，刊于《人民文学》2011 年第 12 期。

2012 年

- 中篇小说《何似在人间》，刊于《芒种》2012 年第 1 期。

※ 短篇小说《表弟》，刊于《山花》2012 年第 5 期。

2013 年

※ 中篇小说《达人》，刊于《人民文学》2013 年第 4 期。
※ 短篇小说《蜻蜓点水》，刊于《作家》2013 年第 7 期。
※ 短篇小说《小姨》，刊于《十月》2013 年第 6 期，获十月文学奖短篇小说奖。
※ 短篇小说《八段锦》，刊于《长城》2013 年第 6 期。

2014 年

※ 短篇小说《父亲的后视镜》，刊于《钟山》2014 年第 1 期，获首届钟山文学奖、第七届鲁迅文学奖短篇小说奖，入选中国小说学会 2014 年度短篇小说排行榜。
※ 短篇小说《走甜》，刊于《江南》2014 年第 3 期。
※ 小说集《少爷威威》，山东文艺出版社 2014 年 6 月出版。
※ 获第二届人民文学新人奖。

2015 年

※ 短篇小说《证据》，刊于《回族文学》2015 年第 1 期。
※ 短篇小说《病鱼》，刊于《人民文学》2015 年第 12 期，获第五届汪曾祺文学奖。

- 小说集《走甜》，台湾人间出版社2015年12月出版。

2016年

- 短篇小说《献给克里斯蒂的一支歌》，刊于《北京文学》（精彩阅读）2016年第1期。
- 短篇小说《翻墙》，刊于《作家》2016年第1期。
- 短篇小说《带你飞》，刊于《广西文学》2016第8期。
- 获第三届林斤澜短篇小说奖优秀作家奖。

2018年

- 短篇小说《给猫留门》，刊于《中国作家》（文学版）2018年第7期，获第十八届百花文学奖短篇小说奖。
- 小说集《后视镜》，作家出版社2018年2月出版。
- 短篇小说《小姐妹》，刊于《人民文学》2018年第10期。
- 小说集《给猫留门》，作家出版社2018年11月出版。

2019年

- 小说集《走甜》，花城出版社2019年4月出版。

2020年

- 短篇小说《跑风》，刊于《钟山》2020年第3期。

※ 短篇小说《睡莲失眠》，刊于《中国作家》（文学版）2020 第 11 期，获首届鲁艺文艺奖。

2021 年

※ 小说集《小姐妹》，长江文艺出版社 2021 年 6 月出版。
※ 短篇小说《蓝牙》，刊于《钟山》2021 年第 4 期。

2022 年

※ 小说集《档案》，河北教育出版社 2022 年 10 月出版。

2023 年

※ 短篇小说《昙花现》，刊于《钟山》2023 年第 1 期，入选中国小说学会 2023 年度中国好小说。
※ 短篇小说《夜间暴走》，刊于《十月》2023 年第 5 期。
※ 短篇小说《这个平凡的世界》，刊于《江南》2023 年第 5 期。